Stefan Zweig

Schachnovelle

Le joueur d'échecs

Traduit de l'allemand (Autriche)
par Olivier Mannoni

Traduction inédite

Gallimard

Né le 28 novembre 1881 à Vienne en Autriche, le jeune Stefan Zweig publie ses premiers poèmes à quinze ans, sous le pseudonyme d'Ewald Berger. En 1900 paraît sa première nouvelle, *Rêves oubliés*. Son baccalauréat en poche, Zweig s'inscrit en histoire et en philosophie à l'université de Vienne. Après son doctorat, il séjourne plusieurs mois à Paris où il se lie avec le poète belge Émile Verhaeren avec qui il correspondait depuis plusieurs années. Il ne cessera de voyager, d'écrire et rencontrera ainsi tous les grands intellectuels du début du XXe siècle : James Joyce, Hermann Hesse, Romain Rolland... En 1914, il se porte volontaire et est enrôlé aux archives militaires de la Stiftskaserne de Vienne avant de découvrir le front en Galicie. Après la guerre, il épouse Friderike Maria von Winternitz. Les années 20 sont marquées par la parution de quelques-unes de ses plus célèbres nouvelles : *Amok* (1922), *Vingt-quatre heures de la vie d'une femme* (1925), *La confusion des sentiments* (1927)... Il écrit également plusieurs biographies, dont *Marie-Antoinette*, et travaille à un livret d'opéra. La décennie suivante est marquée par la montée du nazisme. En mars 1938, l'entrée des Allemands en Autriche l'empêche de revenir à Salzbourg. Quelques mois plus tard, Zweig demande la nationalité britannique et se remarie avec Lotte Altmann qu'il a connue en 1934 lorsqu'il l'a embauchée comme secrétaire. Ensemble, ils voyagent aux États-Unis et en Amérique du Sud. Le 23 février 1942, Stefan et Lotte Zweig se suicident à Petrópolis au Brésil. À la fin de la même année paraît sa dernière nouvelle, *Le joueur d'échecs*.

Schachnovelle

Le joueur d'échecs

Auf dem großen Passagierdampfer, der um Mitternacht von New York nach Buenos Aires abgehen sollte, herrschte die übliche Geschäftigkeit und Bewegung der letzten Stunde. Gäste vom Land drängten durcheinander, um ihren Freunden das Geleit zu geben, Telegraphenboys mit schiefen Mützen schossen Namen ausrufend durch die Gesellschaftsräume, Koffer und Blumen wurden geschleppt, Kinder liefen neugierig treppauf und treppab, während das Orchester unerschütterlich zur Deck-show spielte. Ich stand im Gespräch mit einem Bekannten etwas abseits von diesem Getümmel auf dem Promenadendeck, als neben uns zwei- oder dreimal Blitzlicht scharf aufsprühte – anscheinend war irgendein Prominenter knapp vor der Abfahrt noch rasch von Reportern interviewt und photographiert worden. Mein Freund blickte hin und lächelte. »Sie haben da einen raren Vogel an Bord, den Czentovic.«

À bord du grand paquebot qui devait quitter New York pour Buenos Aires à minuit, régnaient l'activité et l'animation habituelles des derniers instants avant le départ. Les hôtes locaux se pressaient pour accompagner leurs amis, des boys du télégraphe, la casquette de travers, passaient en courant et en criant des noms dans les salles communes, on transportait des valises et des fleurs, des enfants curieux montaient et descendaient les escaliers tandis que l'orchestre continuait à jouer, sans se laisser perturber par le spectacle du pont. J'étais en conversation avec une connaissance sur le pont-promenade, un peu en marge de tout ce tohu-bohu, lorsque la vive lumière des flashs jaillit à deux ou trois reprises à côté de nous — apparemment, on photographiait une quelconque personnalité qui donnait quelques rapides interviews à des journalistes juste avant le départ. Mon ami porta le regard sur cette scène et sourit. « Vous avez un oiseau rare à bord : ce Czentovic. »

Und da ich offenbar ein ziemlich verständnisloses Gesicht zu dieser Mitteilung machte, fügte er erklärend bei: »Mirko Czentovic, der Weltschachmeister. Er hat ganz Amerika von Ost nach West mit Turnierspielen abgeklappert und fährt jetzt zu neuen Triumphen nach Argentinien.«

In der Tat erinnerte ich mich nun dieses jungen Weltmeisters und sogar einiger Einzelheiten im Zusammenhang mit seiner raketenhaften Karriere; mein Freund, ein aufmerksamerer Zeitungsleser als ich, konnte sie mit einer ganzen Reihe von Anekdoten ergänzen. Czentovic hatte sich vor etwa einem Jahr mit einem Schlage neben die bewährtesten Altmeister der Schachkunst, wie Aljechin, Capablanca, Tartakower, Lasker, Bogoljubow, gestellt. Seit dem Auftreten des siebenjährigen Wunderkindes Rzecewski bei dem Schachturnier 1922 in New York hatte noch nie der Einbruch eines völlig Unbekannten in die ruhmreiche Gilde derart allgemeines Aufsehen erregt. Denn Czentovics intellektuelle Eigenschaften schienen ihm keineswegs solch eine blendende Karriere von vornherein zu weissagen. Bald sickerte das Geheimnis durch, daß dieser Schachmeister in seinem Privatleben außerstande war, in irgendeiner Sprache einen Satz ohne orthographischen Fehler zu schreiben, und wie einer seiner verärgerten Kollegen ingrimmig spottete, »seine Unbildung war auf allen Gebieten gleich universell«. Sohn eines blutarmen südslawischen Donauschiffers,

Mon visage devait exprimer une certaine incompréhension face à cette nouvelle, car il ajouta en guise d'explication : « Mirko Czentovic, le champion du monde d'échecs. Il a écumé les tournois de toute l'Amérique, d'est en ouest, et part à présent remporter de nouveaux triomphes en Argentine. »

Effectivement, je me remémorai alors ce jeune champion du monde, et même quelques détails liés à sa carrière fulgurante — mon ami, un lecteur de journal plus attentif que moi, put les compléter par toute une série d'anecdotes. Czentovic s'était, environ une année plus tôt, hissé d'un seul coup au côté des grands maîtres les plus confirmés de l'art des échecs, comme Alekhine, Capablanca, Tartakover, Lasker ou Bogoliubov ; depuis l'apparition du jeune prodige de sept ans, Rzecewski, au tournoi de 1922 à New York, jamais l'irruption d'un parfait inconnu dans cette glorieuse guilde n'avait suscité pareil émoi général. Car les qualités intellectuelles de Czentovic ne paraissaient nullement le prédestiner à une carrière aussi éblouissante. Le secret ne tarda pas à filtrer : ce maître d'échecs, dans sa vie privée, était hors d'état de rédiger dans quelque langue que ce soit une phrase dépourvue de fautes d'orthographe, et l'un de ses collègues courroucés affirma, moqueur et méchant, que « son inculture était aussi universelle quels que soient les domaines ». Fils d'un batelier du Danube, un Slave du Sud sans un sou en poche

dessen winzige Barke eines Nachts von einem Getreidedampfer überrannt wurde, war der damals Zwölfjährige nach dem Tode seines Vaters vom Pfarrer des abgelegenen Ortes aus Mitleid aufgenommen worden, und der gute Pater bemühte sich redlich, durch häusliche Nachhilfe wettzumachen, was das maulfaule, dumpfe, breitstirnige Kind in der Dorfschule nicht zu erlernen vermochte.

Aber die Anstrengungen blieben vergeblich. Mirko starrte die ihm schon hundertmal erklärten Schriftzeichen immer wieder fremd an; auch für die simpelsten Unterrichtsgegenstände fehlte seinem schwerfällig arbeitenden Gehirn jede festhaltende Kraft. Wenn er rechnen sollte, mußte er noch mit vierzehn Jahren die Finger zu Hilfe nehmen, und ein Buch oder eine Zeitung zu lesen bedeutet für den schon halbwüchsigen Jungen noch besondere Anstrengung. Dabei konnte man Mirko keineswegs unwillig oder widerspenstig nennen. Er tat gehorsam, was man ihm gebot, holte Wasser, spaltete Holz, arbeitete mit auf dem Felde, räumte die Küche auf und erledigte verläßlich, wenn auch mit verärgernder Langsamkeit, jeden geforderten Dienst. Was den guten Pfarrer aber an dem querköpfigen Knaben am meisten verdroß, war seine totale Teilnahmslosigkeit. Er tat nichts ohne besondere Aufforderung,

dont la barque minuscule chavira une nuit après avoir été bousculée par un cargo de céréales, ce gamin de douze ans à l'époque avait été recueilli par le prêtre apitoyé de cette bourgade reculée, et le bon curé fit des efforts considérables pour compenser, par une aide supplémentaire à domicile, ce que cet enfant cossard, obtus et buté n'était pas capable d'apprendre.

Mais ces efforts restèrent vains. Mirko continuait à regarder fixement, comme s'ils lui étaient étrangers, les caractères qu'on lui avait déjà expliqués cent fois. Même pour les sujets scolaires les plus simples, l'indolence de son cerveau lui empêchait de trouver quelque force de rétention que ce soit. À quatorze ans encore, à chaque fois qu'il fallait faire un calcul, il devait s'aider de ses doigts; lire un livre ou un journal constituait toujours un effort particulier pour ce garçon déjà adolescent. Il était pourtant impossible de dire que Mirko fût de mauvaise volonté ou récalcitrant. Il faisait docilement ce qu'on lui ordonnait, allait chercher de l'eau, fendait du bois, participait aux travaux des champs, rangeait la cuisine et accomplissait de manière fiable, quoique avec une lenteur agaçante, le moindre service qu'on lui demandait. Mais ce qui exaspérait le plus le bon père, chez cet enfant qui ne fonctionnait pas comme tous les autres, c'était son indifférence totale. Il ne faisait rien sans qu'on le lui eût demandé en particulier,

stellte nie eine Frage, spielte nicht mit anderen Burschen und suchte von selbst keine Beschäftigung, sofern man sie nicht ausdrücklich anordnete; sobald Mirko die Verrichtungen des Haushalts erledigt hatte, saß er stur im Zimmer herum mit jenem leeren Blick wie ihn Schafe auf der Weide haben, ohne an den Geschehnissen rings um ihn den geringsten Anteil zu nehmen. Während der Pfarrer abends, die lange Bauernpfeife schmauchend, mit dem Gendarmeriewachtmeister seine üblichen drei Schachpartien spielte, hockte der blondsträhnige Bursche stumm daneben und starrte unter seinen schweren Lidern anscheinend schläfrig und gleichgültig auf das karierte Brett. Eines Winterabends klingelten, während die beiden Partner in ihre tägliche Partie vertieft waren, von der Dorfstraße her die Glöckchen eines Schlittens rasch und immer rascher heran. Ein Bauer, die Mütze mit Schnee überstäubt, stapfte hastig herein, seine alte Mutter läge im Sterben, und der Pfarrer möge eilen, ihr noch rechtzeitig die letzte Ölung zu erteilen. Ohne zu zögern, folgte ihm der Priester. Der Gendarmeriewachtmeister, der sein Glas Bier noch nicht ausgetrunken hatte, zündete sich zum Abschied eine neue Pfeife an und bereitete sich eben vor, die schweren Schaftstiefel anzuziehen, als ihm auffiel, wie unentwegt der Blick Mirkos auf dem Schachbrett mit der angefangenen Partie haftete.

»Na, willst du sie zu Ende spielen?« spaßte er,

il ne posait jamais une question, ne jouait pas avec les autres gamins et ne cherchait aucune occupation de son propre chef tant qu'on ne le lui ordonnait pas de manière explicite ; une fois que Mirko avait vaqué aux affaires du foyer, il restait assis dans la pièce, l'air obtus, avec ce regard vide qu'ont les moutons au pâturage, sans prendre la moindre part aux événements qui l'entouraient. Tandis que le prêtre, le soir, tirant sur sa longue pipe de paysan, jouait ses trois parties d'échecs habituelles avec le brigadier de gendarmerie, le gamin aux mèches blondes restait sur son siège à côté d'eux sans rien dire, et regardait la planche quadrillée, l'air somnolent et indifférent sous ses lourdes paupières. Un soir d'hiver, tandis que les deux partenaires étaient plongés dans leur partie quotidienne, on entendit dans la rue du village les clochettes d'un traîneau se rapprocher de plus en plus vite. Un paysan, la casquette enneigée, entra en toute hâte : sa vieille mère agonisait, expliqua-t-il, avant de demander au prêtre de se presser afin d'arriver à temps pour lui administrer l'extrême-onction. Le prêtre le suivit sans hésiter. Le brigadier de gendarmerie, qui n'avait pas encore fini son verre de bière, s'alluma une nouvelle pipe avant de prendre congé et se préparait à remettre ses lourdes bottes à tige lorsqu'il remarqua que le regard de Mirko restait imperturbablement fixé sur la partie entamée.

« Eh bien, tu veux la terminer ? » demanda-t-il en plaisantant,

vollkommen überzeugt, daß der schläfrige Junge nicht einen einzigen Stein auf dem Brett richtig zu rücken verstünde. Der Knabe starrte scheu auf, nickte dann und setzte sich auf den Platz des Pfarrers. Nach vierzehn Zügen war der Gendarmeriewachtmeister geschlagen und mußte zudem eingestehen, daß keineswegs ein versehentlicher nachlässiger Zug seine Niederlage verschuldet habe. Die zweite Partie fiel nicht anders aus.

»Bileams Esel!« rief erstaunt bei seiner Rückkehr der Pfarrer aus, dem weniger bibelfesten Gendarmeriewachtmeister erklärend, schon vor zweitausend Jahren hätte sich ein ähnliches Wunder ereignet, daß ein stummes Wesen plötzlich die Sprache der Weisheit gefunden habe. Trotz der vorgerückten Stunde konnte der Pfarrer sich nicht enthalten, seinen halb analphabetischen Famulus zu einem Zweikampf herauszufordern. Mirko schlug auch ihn mit Leichtigkeit. Er spielte zäh, langsam, unerschütterlich, ohne ein einziges Mal die gesenkte breite Stirn vom Brette aufzuheben. Aber er spielte mit unwiderlegbarer Sicherheit; weder der Gendarmeriewachtmeister noch der Pfarrer waren in den nächsten Tagen imstande, eine Partie gegen ihn zu gewinnen. Der Pfarrer, besser als irgend jemand befähigt, die sonstige Rückständigkeit seines Zöglings zu beurteilen, wurde nun ernstlich neugierig, wie weit diese einseitige sonderbare Begabung einer strengeren Prüfung standhalten würde.

parfaitement persuadé que le jeune garçon somnolent serait incapable de déplacer correctement la moindre pièce sur l'échiquier. Le gamin leva un regard fixe et farouche, puis hocha la tête et s'assit à la place du prêtre. En quatorze coups, le brigadier fut battu, il dut qui plus est admettre qu'il ne devait en aucun cas sa défaite à une erreur liée à sa propre négligence. La deuxième partie ne suivit pas un autre tour.

« L'ânesse de Balaam ! » s'exclama le prêtre étonné à son retour, expliquant au gendarme, qui n'était pas un grand connaisseur de la Bible, que deux mille ans plus tôt, déjà, s'était produit un miracle analogue : une créature muette avait tout d'un coup trouvé le langage de la sagesse. En dépit de l'heure avancée, le prêtre ne put s'empêcher de lancer à son assistant analphabète un défi aux échecs. Lui aussi, Mirko le battit facilement. Il jouait d'une manière coriace, lente, inébranlable, sans lever une seule fois son large front de l'échiquier. Mais il jouait avec une irréfutable sûreté ; ni le brigadier de gendarmerie ni le prêtre ne furent capables de gagner une partie contre lui au cours des journées qui suivirent. Le prêtre, mieux à même que quiconque de juger de l'arriération de son pupille dans les autres domaines, fut alors pris d'une authentique curiosité et souhaita vérifier dans quelle mesure ce don singulier et portant sur un seul domaine résisterait à un examen plus rigoureux.

Nachdem er Mirko bei dem Dorfbarbier die struppigen strohblonden Haare hatte schneiden lassen, um ihn einigermaßen präsentabel zu machen, nahm er ihn in seinem Schlitten mit in die kleine Nachbarstadt, wo er im Café des Hauptplatzes eine Ecke mit enragierten Schachspielern wußte, denen er selbst erfahrungsgemäß nicht gewachsen war. Es erregte bei der ansässigen Runde nicht geringes Staunen, als der Pfarrer den fünfzehnjährigen strohblonden und rotbackigen Burschen in seinem nach innen getragenen Schafspelz und schweren, hohen Schaftstiefeln in das Kaffeehaus schob, wo der Junge befremdet mit scheu niedergeschlagenen Augen in einer Ecke stehenblieb, bis man ihn zu einem der Schachtische hinrief. In der ersten Partie wurde Mirko geschlagen, da er die sogenannte Sizilianische Eröffnung bei dem guten Pfarrer nie gesehen hatte. In der zweiten Partie kam er schon gegen den besten Spieler auf Remis. Von der dritten und vierten an schlug er sie alle, einen nach dem andern.

Nun ereignen sich in einer kleinen südslawischen Provinzstadt höchst selten aufregende Dinge; so wurde das erste Auftreten dieses bäuerlichen Champions für die versammelten Honoratioren unverzüglich zur Sensation. Einstimmig wurde beschlossen, der Wunderknabe müßte unbedingt noch bis zum nächsten Tage in der Stadt bleiben, damit man die anderen Mitglieder des Schachklubs zusammenrufen und vor allem den alten Grafen Simczic,

Après lui avoir fait couper sa chevelure blondasse par le barbier du village afin de le rendre à peu près présentable, il emmena Mirko dans son traîneau jusqu'à la petite ville voisine où, dans le café de la place principale, il savait qu'un coin était occupé par des joueurs d'échecs enragés dont l'expérience lui avait prouvé qu'il n'était pas à leur hauteur. Les habitués se montrèrent fort étonnés lorsque le prêtre poussa dans le café ce gamin de quinze ans, blond comme les blés, les joues rouges, vêtu de sa peau de mouton qu'il portait retournée et de hautes bottes à tige ; le garçon resta dans un angle, les yeux vers le bas, l'air farouche, jusqu'à ce qu'on l'appelle à l'une des tables d'échecs. Au cours de la première partie, Mirko fut battu, n'ayant jamais vu le bon prêtre pratiquer ce que l'on appelait l'ouverture sicilienne. Au cours de la deuxième partie, déjà, il obtint un nul contre le meilleur joueur. À partir de la troisième et de la quatrième, il les battit tous les uns après les autres.

Il est extrêmement rare que des événements palpitants se déroulent dans une petite ville de la province slave méridionale ; la première apparition de ce champion rural fit donc aussitôt sensation auprès des notables rassemblés. On décida d'une seule voix que cet enfant prodige devrait absolument rester en ville jusqu'au lendemain afin que l'on puisse rameuter les autres membres du club, et tout particulièrement prévenir dans son château le vieux comte Simczic,

einen Fanatiker des Schachspiels, auf seinem Schlosse verständigen könne. Der Pfarrer, der mit einem ganz neuen Stolz auf seinen Pflegling blickte, aber über seiner Entdeckerfreude doch seinen pflichtgemäßen Sonntagsgottesdienst nicht versäumen wollte, erklärte sich bereit, Mirko für eine weitere Probe zurückzulassen. Der junge Czentovic wurde auf Kosten der Schachecke im Hotel einquartiert und sah an diesem Abend zum erstenmal ein Wasserklosett. Am folgenden Sonntagnachmittag war der Schachraum überfüllt. Mirko, unbeweglich vier Stunden vor dem Brett sitzend, besiegte, ohne ein Wort zu sprechen oder auch nur aufzuschauen, einen Spieler nach dem andern: schließlich wurde eine Simultanpartie vorgeschlagen. Es dauerte eine Weile, ehe man dem Unbelehrten begreiflich machen konnte, daß bei einer Simultanpartie er allein gegen die verschiedenen Spieler zu kämpfen hatte. Aber sobald Mirko diesen Usus begriffen, fand er sich rasch in die Aufgabe, ging mit seinen schweren, knarrenden Schuhen langsam von Tisch zu Tisch und gewann schließlich sieben von den acht Partien.

Nun begannen große Beratungen. Obwohl dieser neue Champion im strengen Sinne nicht zur Stadt gehörte, war doch der heimische Nationalstolz lebhaft entzündet. Vielleicht konnte endlich die kleine Stadt, deren Vorhandensein auf der Landkarte kaum jemand bisher wahrgenommen,

un fanatique des échecs. Le prêtre, qui regardait son protégé avec une fierté toute neuve mais ne voulait tout de même pas que sa joie de découvreur lui fît manquer son devoir de dire la messe dominicale, se déclara disposé à laisser Mirko sur place pour qu'il tente cette nouvelle expérience. On attribua aux frais des joueurs d'échecs un quartier au jeune Czentovic et celui-ci vit ce soir-là, pour la première fois de sa vie, un water-closet. Le dimanche après-midi suivant, la salle d'échecs était pleine à craquer. Immobile quatre heures durant devant l'échiquier, sans dire un mot ni même lever les yeux, Mirko battit un joueur après l'autre. On finit par proposer une simultanée. Il fallut un certain temps pour faire comprendre au jeune ignare que, dans ce genre de partie, il serait confronté, seul, aux différents joueurs. Mais dès que Mirko eut compris cet usage, il s'accommoda très vite de la tâche consistant à passer lentement d'une table à l'autre avec ses lourds sabots, et gagna finalement sept des huit parties.

Ce fut le début de grandes délibérations. Bien que ce nouveau champion ne fût pas, au sens strict, de la ville, la flamme de la fierté locale ne s'en éleva pas moins avec vivacité. Peut-être la petite cité, dont presque personne jusque-là n'avait perçu la présence sur la carte géographique,

zum erstenmal die Ehre erwerben, einen berühmten Mann in die Welt zu schicken. Ein Agent namens Koller, sonst nur Chansonetten und Sängerinnen für das Kabarett der Garnison vermittelnd, erklärte sich bereit, sofern man den Zuschuß für ein Jahr leiste, den jungen Menschen in Wien von einem ihm bekannten ausgezeichneten kleinen Meister fachmäßig in der Schachkunst ausbilden zu lassen. Graf Simczic, dem in sechzig Jahren täglichen Schachspiels nie ein so merkwürdiger Gegner entgegengetreten war, zeichnete sofort den Betrag. Mit diesem Tage begann die erstaunliche Karriere des Schiffersohnes.

Nach einem halben Jahr beherrschte Mirko sämtliche Geheimnisse der Schachtechnik, allerdings mit einer seltsamen Einschränkung, die später in den Fachkreisen viel beobachtet und bespöttelt wurde. Denn Czentovic brachte es nie dazu, auch nur eine einzige Schachpartie auswendig – oder wie man fachgemäß sagt: blind – zu spielen. Ihm fehlte vollkommen die Fähigkeit, das Schlachtfeld in den unbegrenzten Raum der Phantasie zu stellen. Er mußte immer das schwarz-weiße Karree mit den vierundsechzig Feldern und zweiunddreißig Figuren handgreiflich vor sich haben; noch zur Zeit seines Weltruhmes führte er ständig ein zusammenlegbares Taschenschach mit sich, um, wenn er eine Meisterpartie rekonstruieren oder ein Problem für sich lösen wollte,

pourrait-elle enfin s'offrir l'honneur d'envoyer un homme célèbre de par le monde. Un agent répondant au nom de Koller, qui se contentait d'ordinaire de dénicher chansonnettes et cantatrices pour le cabaret de la garnison, se déclara prêt, pour autant qu'on y subviendrait pendant un an, à faire suivre à ce jeune homme une formation spécialisée dans l'art des échecs, dispensée à Vienne par un petit maître de sa connaissance. Le comte Simczic, qui, en soixante années de parties d'échecs quotidiennes, n'avait jamais affronté un adversaire aussi étrange, signa aussitôt un bon pour cette somme. Et c'est par cette journée que débuta l'étonnante carrière du fils de batelier.

Au bout de six mois, Mirko maîtrisait tous les secrets de la technique des échecs, mais à une étrange réserve près, que l'on observa beaucoup et dont on se moqua tout autant dans les cercles de spécialistes. Car Czentovic ne parvenait jamais à jouer ne fût-ce qu'une seule partie d'échecs par cœur — ou, comme disent les experts : à l'aveugle. Il était incapable de placer le champ de bataille dans l'espace illimité de l'imagination. Il devait toujours avoir concrètement devant lui le carré noir et blanc avec ses soixante-quatre cases et ses trente-deux pièces ; même lorsqu'il eut accédé à la gloire mondiale, il portait constamment sur lui un jeu d'échecs de poche repliable lorsqu'il avait à reconstituer une partie de maître ou voulait résoudre un problème pour lui-même,

sich die Stellung optisch vor Augen zu führen. Dieser an sich unbeträchtliche Defekt verriet einen Mangel an imaginativer Kraft und wurde in dem engen Kreise ebenso lebhaft diskutiert, wie wenn unter Musikern ein hervorragender Virtuose oder Dirigent sich unfähig gezeigt hätte, ohne aufgeschlagene Partitur zu spielen oder zu dirigieren. Aber diese merkwürdige Eigenheit verzögerte keineswegs Mirkos stupenden Aufstieg. Mit siebzehn Jahren hatte er schon ein Dutzend Schachpreise gewonnen, mit achtzehn sich die ungarische Meisterschaft, mit zwanzig endlich die Weltmeisterschaft erobert. Die verwegensten Champions, jeder einzelne an intellektueller Begabung, an Phantasie und Kühnheit ihm unermeßlich überlegen, erlagen ebenso seiner zähen und kalten Logik wie Napoleon dem schwerfälligen Kutusow, wie Hannibal dem Fabius Cunctator, von dem Livius berichtet, daß er gleichfalls in seiner Kindheit derart auffällige Züge von Phlegma und Imbezillität gezeigt habe. So geschah es, daß in die illustre Galerie der Schachmeister, die in ihren Reihen die verschiedensten Typen intellektueller Überlegenheit vereinigt – Philosophen, Mathematiker, kalkulierende, imaginierende und oft schöpferische Naturen –, zum erstenmal ein völliger Outsider der geistigen Welt einbrach, ein schwerer, maulfauler Bauernbursche, aus dem auch nur ein einziges publizistisch brauchbares Wort herauszulocken selbst den gerissensten Journalisten nie gelang.

afin de pouvoir avoir une idée visuelle de la position. Ce défaut, en soi négligeable, révélait un manque de puissance imaginative et fit, dans ce petit milieu, l'objet de disputes aussi vives que si, chez les musiciens, un virtuose ou un chef s'était montré incapable de jouer ou de diriger sans partition. Mais cette curieuse particularité ne retarda en rien la stupéfiante ascension de Mirko. À dix-sept ans, il avait déjà remporté une douzaine de prix d'échecs ; à dix-huit, gagné le championnat de Hongrie ; et à vingt, pour finir, le championnat du monde. Les champions les plus téméraires, chacun infiniment supérieur à lui par le talent intellectuel, l'imagination et l'audace, se laissèrent vaincre par sa logique coriace et froide comme Napoléon par le pesant Koutouzov, comme Hannibal par ce Fabius Cunctator dont Tite-Live relate que lui aussi, dans son enfance, avait présenté ce mélange étonnant de flegme et d'imbécillité. Il arriva ainsi que dans l'illustre galerie des joueurs d'échecs, qui unit dans ses rangs les types les plus variés de supériorité mentale, des philosophes, des mathématiciens, des natures calculatrices, imaginatives et souvent créatives, un parfait outsider fit irruption pour la première fois dans le monde de l'esprit, un lourd garçon de ferme pas très causant et auquel même les journalistes les plus rusés ne parvinrent jamais à arracher un seul mot utilisable dans la presse.

Freilich, was Czentovic den Zeitungen an geschliffenen Sentenzen vorenthielt, ersetzte er bald reichlich durch Anekdoten über seine Person. Denn rettungslos wurde mit der Sekunde, da er vom Schachbrette aufstand, wo er Meister ohnegleichen war, Czentovic zu einer grotesken und beinahe komischen Figur; trotz seines feierlichen schwarzen Anzuges, seiner pompösen Krawatte mit der etwas aufdringlichen Perlennadel und seiner mühsam manikürten Finger blieb er in seinem Gehaben und seinen Manieren derselbe beschränkte Bauernjunge, der im Dorf die Stube des Pfarrers gefegt. Ungeschickt und geradezu schamlos plump suchte er zum Gaudium und zum Ärger seiner Fachkollegen aus seiner Begabung und seinem Ruhm mit einer kleinlichen und sogar oft ordinären Habgier herauszuholen, was an Geld herauszuholen war. Er reiste von Stadt zu Stadt, immer in den billigsten Hotels wohnend, er spielte in den kläglichsten Vereinen, sofern man ihm sein Honorar bewilligte, er ließ sich abbilden auf Seifenreklamen und verkaufte sogar, ohne auf den Spott seiner Konkurrenten zu achten, die genau wußten, daß er nicht imstande war, drei Sätze richtig zu schreiben, seinen Namen für eine ›Philosophie des Schachs‹, die in Wirklichkeit ein kleiner galizischer Student für den geschäftstüchtigen Verleger geschrieben. Wie allen zähen Naturen fehlte ihm jeder Sinn für das Lächerliche;

Cependant, ce que Czentovic n'offrait pas aux journaux en guise de sentences bien troussées, il le remplaça vite et en abondance par des anecdotes sur sa personne. Car dès l'instant où il abandonnait son échiquier, où il était un maître sans égal, Czentovic devenait un personnage grotesque et presque comique ; en dépit de son costume noir solennel, de sa cravate pompeuse avec une perle d'épingle un peu tape-à-l'œil, et de ses doigts soigneusement manucurés, il demeurait dans son allure et ses manières le même petit paysan obtus qui, au village, balayait les locaux du curé. Maladroit, faisant preuve d'une grossièreté proprement éhontée, il tenta, avec une cupidité mesquine et parfois même vulgaire, de rafler tout l'argent qu'il pouvait rafler à l'aide de son don et de sa renommée. Il voyageait de ville en ville, logeant toujours dans les hôtels les moins chers, il jouait dans les clubs les plus piteux pour peu qu'on acceptât de lui verser ses honoraires, il laissait reproduire son portrait sur des réclames de savon et, sans prendre garde à la moquerie de ses concurrents — lesquels savaient pertinemment qu'il n'était pas capable d'écrire trois phrases correctement —, vendit même son nom pour la couverture d'une *Philosophie des échecs* en réalité rédigée par un petit étudiant galicien pour le compte de l'éditeur habile en affaires. Comme toutes les natures coriaces, il n'avait pas le moindre sens du ridicule.

seit seinem Siege im Weltturnier hielt er sich für den wichtigsten Mann der Welt, und das Bewußtsein, all diese gescheiten, intellektuellen, blendenden Sprecher und Schreiber auf ihrem eigenen Feld geschlagen zu haben, und vor allem die handgreifliche Tatsache, mehr als sie zu verdienen, verwandelte die ursprüngliche Unsicherheit in einen kalten und meist plump zur Schau getragenen Stolz.

»Aber wie sollte ein so rascher Ruhm nicht einen so leeren Kopf beduseln?« schloß mein Freund, der mir gerade einige klassische Proben von Czentovics kindischer Präpotenz anvertraut hatte. »Wie sollte ein einundzwanzigjähriger Bauernbursche aus dem Banat nicht den Eitelkeitskoller kriegen, wenn er plötzlich mit ein bißchen Figurenherumschieben auf einem Holzbrett in einer Woche mehr verdient als sein ganzes Dorf daheim mit Holzfällen und den bittersten Abrackereien in einem ganzen Jahr? Und dann, ist es nicht eigentlich verflucht leicht, sich für einen großen Menschen zu halten, wenn man nicht mit der leisesten Ahnung belastet ist, daß ein Rembrandt, ein Beethoven, ein Dante, ein Napoleon je gelebt haben? Dieser Bursche weiß in seinem vermauerten Gehirn nur das eine, daß er seit Monaten nicht eine einzige Schachpartie verloren hat, und da er eben nicht ahnt, daß es außer Schach und Geld noch andere Werte auf unserer Erde gibt, hat er allen Grund, von sich begeistert zu sein.«

Depuis sa victoire au championnat du monde, il se considérait comme l'homme le plus important au monde, et la conscience d'avoir battu sur leur propre terrain tous ces gens d'esprit, ces intellectuels, orateurs et écrivains éblouissants, mais aussi et surtout le fait de gagner plus qu'eux, transformèrent l'incertitude originelle en une fierté froide et le plus souvent affichée avec balourdise.

« Mais comment une gloire aussi rapide n'aurait-elle pas fait tourner une tête aussi vide ? conclut mon ami, qui venait de me confier quelques échantillons typiques de l'arrogance puérile de Czentovic. Comment un paysan du Banat, du haut de ses vingt et un ans, n'aurait-il pas été happé par une folle vanité en constatant que tout d'un coup, en déplaçant un peu des figurines sur une planche en bois, il gagnait plus d'argent que tout son village, là-bas, après une année entière à abattre des arbres et à s'exténuer de la pire manière ? Et puis n'est-il pas en vérité fichtrement facile de se prendre pour un grand homme lorsqu'on n'a même pas à supporter le moindre soupçon qu'un Rembrandt, un Beethoven, un Dante, un Napoléon aient jamais vécu ? Dans son cerveau muré, ce lascar ne sait qu'une chose : c'est que, depuis des mois, il n'a pas perdu une seule partie d'échecs, et comme il ne pressent pas qu'il existe sur notre terre d'autres valeurs que les échecs et l'argent, il a tout motif d'être enthousiasmé par sa propre personne. »

Diese Mitteilungen meines Freundes verfehlten nicht, meine besondere Neugierde zu erregen. Alle Arten von monomanischen, in eine einzige Idee verschossenen Menschen haben mich zeitlebens angereizt, denn je mehr sich einer begrenzt, um so mehr ist er andererseits dem Unendlichen nahe; gerade solche scheinbar Weltabseitigen bauen in ihrer besonderen Materie sich termitenhaft eine merkwürdige und durchaus einmalige Abbreviatur der Welt. So machte ich aus meiner Absicht, dieses sonderbare Spezimen intellektueller Eingleisigkeit auf der zwölftägigen Fahrt bis Rio näher unter die Lupe zu nehmen, kein Hehl. Jedoch: »Da werden Sie wenig Glück haben«, warnte mein Freund. »Soviel ich weiß, ist es noch keinem gelungen, aus Czentovic das geringste an psychologischem Material herauszuholen. Hinter all seiner abgründigen Beschränktheit verbirgt dieser gerissene Bauer die große Klugheit, sich keine Blößen zu geben, und zwar dank der simplen Technik, daß er außer mit Landsleuten seiner eigenen Sphäre, die er sich in kleinen Gasthäusern zusammensucht, jedes Gespräch vermeidet. Wo er einen gebildeten Menschen spürt, kriecht er in sein Schneckenhaus; so kann niemand sich rühmen, je ein dummes Wort von ihm gehört oder die angeblich unbegrenzte Tiefe seiner Unbildung ausgemessen zu haben.«

Mein Freund sollte in der Tat recht behalten. Während der ersten Tage der Reise

Les informations que me donna mon ami ne manquèrent pas d'éveiller en moi une singulière curiosité. J'ai toujours été attiré par toutes les espèces de personnes monomaniaques, entichées d'une seule et unique idée, car plus un homme se restreint, plus il est, de l'autre côté, proche de l'infini ; c'est précisément ce genre d'êtres apparemment en marge du monde qui, puisant dans leur matière particulière, se construisent comme des termites un raccourci du monde, aussi curieux qu'unique. Je ne dissimulai donc pas mon intention de prendre sous ma loupe ce singulier spécimen d'unilatéralité lors des douze jours que durerait notre traversée vers Rio. « Vous n'y trouverez guère votre compte, m'avertit toutefois mon ami. Autant que je sache, nul n'est encore parvenu à arracher à Czentovic la moindre once de donnée psychologique. Derrière toute son abyssale rustrerie, ce paysan roué a la grande intelligence de ne pas se dévoiler ; sa technique est simple : hormis les compatriotes de son propre milieu, qu'il va chercher dans de petites auberges, il évite toute conversation. Dès qu'il flaire un homme cultivé, il rentre dans sa coquille à la manière d'un escargot ; ainsi nul ne peut-il se vanter de l'avoir jamais entendu prononcer un mot idiot, ni d'avoir pu mesurer la profondeur prétendument infinie de son inculture. »

Mon ami ne serait pas démenti par les faits. Pendant les premiers jours du voyage,

erwies es sich als vollkommen unmöglich, an Czentovic ohne grobe Zudringlichkeit, die schließlich nicht meine Sache ist, heranzukommen. Manchmal schritt er zwar über das Promenadendeck, aber dann immer die Hände auf dem Rücken verschränkt, mit jener stolz in sich versenkten Haltung, wie Napoleon auf dem bekannten Bilde; außerdem erledigte er immer so eilig und stoßhaft seine peripatetische Deckrunde, daß man ihm hätte im Trab nachlaufen müssen, um ihn ansprechen zu können. In den Gesellschaftsräumen wiederum, in der Bar, im Rauchzimmer zeigte er sich niemals; wie mir der Steward auf vertrauliche Erkundigung hin mitteilte, verbrachte er den Großteil des Tages in seiner Kabine, um auf einem mächtigen Bett Schachpartien einzuüben oder zu rekapitulieren.

Nach drei Tagen begann ich mich tatsächlich zu ärgern, daß seine geschickte Abwehrtechnik geschickter war als mein Wille, an ihn heranzukommen. Ich hatte in meinem Leben noch nie Gelegenheit gehabt, die persönliche Bekanntschaft eines Schachmeisters zu machen, und je mehr ich mich jetzt bemühte, mir einen solchen Typus zu personifizieren, um so unvorstellbarer schien mir eine Gehirntätigkeit, die ein ganzes Leben lang ausschließlich um einen Raum von vierundsechzig schwarzen und weißen Feldern rotiert. Ich wußte wohl aus eigener Erfahrung um die geheimnisvolle Attraktion des ›königlichen Spiels‹,

il se révéla parfaitement impossible d'approcher Czentovic sans faire preuve d'une insistance grossière qui, après tout, n'est pas dans ma nature. Il lui arrivait certes de venir marcher sur le pont-promenade, mais c'était toujours les mains croisées dans le dos, dans cette attitude de fière introspection qu'on prête à Napoléon sur le fameux tableau ; en outre, il accomplissait toujours son tour péripatétique du pont d'une manière tellement hâtive et fulgurante qu'il eût fallu le suivre au trot pour pouvoir l'aborder. Dans les salles communes, au bar, au fumoir, il ne se montrait jamais ; comme me l'indiqua le steward lorsque je lui posai la question en confidence, Czentovic passait la majeure partie de sa journée dans sa cabine, à répéter ou récapituler des parties d'échecs.

Au bout de trois jours, le fait que sa technique de défense ardue eût été plus habile que ma volonté de l'approcher commença effectivement à m'agacer. De toute ma vie, je n'avais encore jamais eu l'occasion de faire la connaissance personnelle d'un maître d'échecs, et plus je m'efforçais de me figurer quelqu'un de ce type, plus il me semblait invraisemblable qu'une activité cérébrale tournât, toute une vie durant, dans un unique espace de soixante-quatre cases noires et blanches. Je savais certes par expérience quelle attraction mystérieuse exerçait le « jeu royal »,

dieses einzigen unter allen Spielen, die der Mensch ersonnen, das sich souverän jeder Tyrannis des Zufalls entzieht und seine Siegespalmen einzig dem Geist oder vielmehr einer bestimmten Form geistiger Begabung zuteilt. Aber macht man sich nicht bereits einer beleidigenden Einschränkung schuldig, indem man Schach ein Spiel nennt? Ist es nicht auch eine Wissenschaft, eine Kunst, schwebend zwischen diesen Kategorien wie der Sarg Mohammeds zwischen Himmel und Erde, eine einmalige Bindung aller Gegensatzpaare; uralt und doch ewig neu, mechanisch in der Anlage und doch nur wirksam durch Phantasie, begrenzt in geometrisch starrem Raum und dabei unbegrenzt in seinen Kombinationen, ständig sich entwickelnd und doch steril, ein Denken, das zu nichts führt, eine Mathematik, die nichts errechnet, eine Kunst ohne Werke, eine Architektur ohne Substanz und nichtsdestoweniger erwiesenermaßen dauerhafter in seinem Sinn und Dasein als alle Bücher und Werke, das einzige Spiel, das allen Völkern und allen Zeiten zugehört und von dem niemand weiß, welcher Gott es auf die Erde gebracht, um die Langeweile zu töten, die Sinne zu schärfen, die Seele zu spannen. Wo ist bei ihm Anfang und wo das Ende? Jedes Kind kann seine ersten Regeln erlernen, jeder Stümper sich in ihm versuchen, und doch vermag es innerhalb dieses unveränderbar engen Quadrats eine besondere Spezies von Meistern zu erzeugen, unvergleichbar allen anderen,

le seul entre tous ceux inventés par l'homme à se dérober souverainement à la tyrannie du hasard et à n'attribuer ses palmes de la victoire qu'à l'esprit, ou plutôt à une forme déterminée de talent intellectuel. Mais qualifier les échecs de « jeu », n'est-ce pas déjà se rendre coupable d'une restriction offensante ? Ne s'agit-il pas aussi d'une science, d'un art, planant entre ces catégories comme le cercueil de Mohammed entre le ciel et la terre, union sans pareille de tous les couples d'opposés ? Archaïque et pourtant éternellement nouveau, mécanique dans sa construction et pourtant actif par la seule imagination, cantonné dans un espace géométrique fixe et pourtant illimité dans ses combinaisons, en développement constant et pourtant stérile, une pensée qui ne mène à rien, des mathématiques qui ne calculent rien, un art sans œuvres, une architecture sans substance et qui n'en est pas moins, de manière avérée, plus durable dans son être et son existence que tous les livres et toutes les œuvres, l'unique jeu qui appartienne à tous les peuples et à toutes les époques, et dont nul ne sait quel dieu l'a apporté sur terre pour tuer l'ennui, aiguiser les sens et tendre l'âme. Où est en lui le début, où est la fin : n'importe quel enfant peut en apprendre les premières règles, n'importe quel benêt s'y essayer, et pourtant il est capable, dans ce carré à l'étroitesse immuable, d'engendrer une espèce particulière de maîtres, sans comparaison avec aucun autre,

Menschen mit einer einzig dem Schach zu bestimmten Begabung, spezifische Genies, in denen Vision, Geduld und Technik in einer ebensogenau bestimmten Verteilung wirksam sind wie im Mathematiker, im Dichter, im Musiker, und nur in anderer Schichtung und Bindung. In früheren Zeiten physiognomischer Leidenschaft hätte ein Gall vielleicht die Gehirne solcher Schachmeister seziert, um festzustellen, ob bei solchen Schachgenies eine besondere Windung in der grauen Masse des Gehirns, eine Art Schachmuskel oder Schachhöcker sich intensiver eingezeichnet fände als in anderen Schädeln. Und wie hätte einen solchen Physiognomiker erst der Fall eines Czentovic angereizt, wo dies spezifische Genie eingesprengt erscheint in eine absolute intellektuelle Trägheit wie ein einzelner Faden Gold in einem Zentner tauben Gesteins! Im Prinzip war mir die Tatsache von jeher verständlich, daß ein derart einmaliges, ein solches geniales Spiel sich spezifische Matadore schaffen mußte, aber wie schwer, wie unmöglich doch, sich das Leben eines geistig regsamen Menschen vorzustellen, dem sich die Welt einzig auf die enge Einbahn zwischen Schwarz und Weiß reduziert, der in einem bloßen Hin und Her, Vor und Zurück von zweiunddreißig Figuren seine Lebenstriumphe sucht, einen Menschen, dem bei einer neuen Eröffnung,

des gens dotés d'un don destiné exclusivement aux échecs, des génies spécifiques en qui vision, patience et technique agissent dans une répartition tout aussi efficace que chez le mathématicien, le poète, le musicien, si ce n'est qu'ils le font dans d'autres strates et avec d'autres liens. Aux temps où l'on se passionnait pour la physionomie, un Gall aurait peut-être disséqué les cerveaux de tels maîtres d'échecs pour constater si, chez de tels génies, on trouvait dans la masse cérébrale grise une circonvolution particulière, un muscle des échecs, ou si la bosse des échecs y était plus profondément gravée que sur d'autres crânes. Et combien un tel physionomiste aurait-il été attiré par le cas d'un Czentovic, chez qui ce génie spécifique paraissait inclus dans une inertie intellectuelle absolue comme un unique fil d'or dans un demi-quintal de roche massive. Sur le principe, j'avais toujours compris qu'un jeu aussi unique, un jeu tellement génial, devait se créer des matadors spécifiques ; et pourtant comme il était difficile, comme il était impossible de se représenter la vie d'un être doté d'une activité intellectuelle pour lequel le monde se réduit à la seule voie étroite et à sens unique entre le noir et le blanc, qui cherche les triomphes de son existence dans un simple mouvement d'aller et de retour, d'avant et d'arrière, imprimés à trente-deux pièces, un homme pour lequel, lors d'une nouvelle ouverture,

den Springer vorzuziehen, statt des Bauern, schon Großtat und sein ärmliches Eckchen Unsterblichkeit im Winkel eines Schachbuches bedeutet – einen Menschen, einen geistigen Menschen, der, ohne wahnsinnig zu werden, zehn, zwanzig, dreißig, vierzig Jahre lang die ganze Spannkraft seines Denkens immer und immer wieder an den lächerlichen Einsatz wendet, einen hölzernen König auf einem hölzernen Brett in den Winkel zu drängen!

Und nun war ein solches Phänomen, ein solches sonderbares Genie oder ein solch rätselhafter Narr mir räumlich zum erstenmal ganz nahe, sechs Kabinen weit auf demselben Schiff, und ich Unseliger, für den Neugier in geistigen Dingen immer zu einer Art Passion ausartet, sollte nicht imstande sein, mich ihm zu nähern. Ich begann, mir die absurdesten Listen auszudenken: etwa, ihn in seiner Eitelkeit zu kitzeln, indem ich ihm ein angebliches Interview für eine wichtige Zeitung vortäuschte, oder bei seiner Habgier zu packen, dadurch, daß ich ihm ein einträgliches Turnier in Schottland proponierte. Aber schließlich erinnerte ich mich, daß die bewährteste Technik der Jäger, den Auerhahn an sich heranzulocken, darin besteht, daß sie seinen Balzschrei nachahmen; was konnte eigentlich wirksamer sein, um die Aufmerksamkeit eines Schachmeisters auf sich zu ziehen, als indem man selber Schach spielte?

le fait de préférer le cavalier au pion constitue déjà un acte de gloire et lui assure son misérable petit coin d'immortalité dans les fins fonds d'un livre consacré aux échecs — un homme, un homme doué d'esprit qui, sans devenir fou, pendant dix, vingt, trente, quarante ans, consacre toute la tonicité de sa pensée, sans discontinuer, à cet engagement grotesque consistant à coincer un roi en bois dans l'angle d'une planche du même matériau !

Ainsi, pour la première fois, je me trouvais à proximité d'un phénomène de ce type. Qu'il fût un génie saugrenu ou un bouffon énigmatique, il se trouvait sur le même bateau, à six cabines de moi, et moi, malheureux, chez qui la curiosité, en matière intellectuelle, dégénère toujours en une sorte de passion, je n'aurais pas été en mesure de l'approcher ! Je me mis à concevoir les ruses les plus absurdes : par exemple chatouiller son orgueil en lui faisant croire à une prétendue interview pour un journal important, ou bien le prendre par sa cupidité en lui proposant un tournoi lucratif en Écosse. Mais je finis par me rappeler que la technique la mieux rodée utilisée par les chasseurs pour attirer le coq de bruyère consiste à imiter son cri de pariade ; dès lors, qu'y avait-il au juste de plus efficace pour attirer sur soi l'attention d'un maître d'échecs que d'y jouer soi-même ?

Nun bin ich zeitlebens nie ein ernstlicher Schachkünstler gewesen, und zwar aus dem einfachen Grunde, weil ich mich mit Schach immer bloß leichtfertig und ausschließlich zu meinem Vergnügen befaßte; wenn ich mich für eine Stunde vor das Brett setze, geschieht dies keineswegs, um mich anzustrengen, sondern im Gegenteil, um mich von geistiger Anspannung zu entlasten. Ich ›spiele‹ Schach im wahrsten Sinne des Wortes, während die anderen, die wirklichen Schachspieler, Schach ›ernsten‹, um ein verwegenes neues Wort in die deutsche Sprache einzuführen. Für Schach ist nun, wie für die Liebe, ein Partner unentbehrlich, und ich wußte zur Stunde noch nicht, ob sich außer uns andere Schachliebhaber an Bord befanden. Um sie aus ihren Höhlen herauszulocken, stellte ich im Smoking Room eine primitive Falle auf, indem ich mich mit meiner Frau, obwohl sie noch schwächer spielt als ich, vogelstellerisch vor ein Schachbrett setzte. Und tatsächlich, wir hatten noch nicht sechs Züge getan, so blieb schon jemand im Vorübergehen stehen, ein zweiter erbat die Erlaubnis, zusehen zu dürfen; schließlich fand sich auch der erwünschte Partner, der mich zu einer Partie herausforderte. Er hieß McConnor und war ein schottischer Tiefbauingenieur, der, wie ich hörte, bei Ölbohrungen in Kalifornien sich ein großes Vermögen gemacht hatte, von äußerem Ansehen ein stämmiger Mensch mit starken, fast quadratisch harten Kinnbacken,

Mais voilà, de toute ma vie, je n'ai jamais fait preuve de sérieux dans ma pratique de l'art des échecs, pour la simple raison que j'ai toujours abordé ce jeu avec légèreté, dans le but exclusif de me divertir; lorsque je m'assois pour une heure devant l'échiquier, ce n'est nullement pour produire des efforts, mais au contraire pour soulager la tension de mon esprit. Je « joue » aux échecs, au sens le plus authentique de ce terme, tandis que les autres, les véritables joueurs d'échecs, « sérieusent » aux échecs, si je puis introduire ce néologisme téméraire. Mais voilà, aux échecs comme en amour, rien ne va sans un partenaire et je ne savais pas encore, pour l'heure, s'il se trouvait à part nous d'autres amateurs d'échecs à bord. Pour les attirer hors de leurs cavernes, je posai dans le fumoir un piège primitif, digne d'un oiseleur, en m'installant devant un échiquier face à mon épouse, bien qu'elle fût à ce jeu encore plus faible que moi. Et de fait, nous n'avions pas encore joué six coups que quelqu'un, déjà, s'arrêtait au passage et qu'un deuxième demandait la permission de regarder; pour finir, je trouvai aussi le partenaire désiré, en la personne d'un homme qui vint me défier pour une partie. Il s'appelait McConnor et c'était un ingénieur des mines écossais qui, à ce que l'on me dit, avait fait une grosse fortune avec des forages pétroliers en Californie. C'était un homme au physique trapu, la mâchoire forte et dure, presque carrée,

kräftigen Zähnen und einer satten Gesichtsfarbe, deren prononcierte Rötlichkeit wahrscheinlich, zumindest teilweise, reichlichem Genuß von Whisky zu verdanken war. Die auffällig breiten, fast athletisch vehementen Schultern machten sich leider auch im Spiel charaktermäßig bemerkbar, denn dieser Mister McConnor gehörte zu jener Sorte selbstbesessener Erfolgsmenschen, die auch im belanglosesten Spiel eine Niederlage schon als Herabsetzung ihres Persönlichkeitsbewußtseins empfinden. Gewöhnt, sich im Leben rücksichtslos durchzusetzen und verwöhnt vom faktischen Erfolg, war dieser massive Selfmademan derart unerschütterlich von seiner Überlegenheit durchdrungen, daß jeder Widerstand ihn als ungebührliche Auflehnung und beinahe Beleidigung erregte. Als er die erste Partie verlor, wurde er mürrisch und begann umständlich und diktatorisch zu erklären, dies könne nur durch eine momentane Unaufmerksamkeit geschehen sein, bei der dritten machte er den Lärm im Nachbarraum für sein Versagen verantwortlich; nie war er gewillt, eine Partie zu verlieren, ohne sofort Revanche zu fordern. Anfangs amüsierte mich diese ehrgeizige Verbissenheit; schließlich nahm ich sie nur mehr als unvermeidliche Begleiterscheinung für meine eigentliche Absicht hin, den Weltmeister an unseren Tisch zu locken.

Am dritten Tag gelang es und gelang doch nur halb. Sei es, daß Czentovic uns vom Promenadendeck

des dents puissantes, la peau d'une couleur saturée dont la rougeur prononcée tenait probablement, au moins en partie, à une abondante consommation de whisky. Les épaules remarquablement larges, d'une ligne presque athlétique, révélaient hélas aussi son caractère pendant le jeu, car ce Mister McConnor était l'un de ces hommes tellement imbus de leur propre réussite que, même dans le jeu le plus anodin, toute défaite leur apparaît comme une humiliation personnelle. Accoutumé à s'imposer sans prendre de gants dans la vie courante, et gâté par le succès qu'il avait effectivement connu, ce self-made-man massif était pénétré par la certitude inébranlable de sa supériorité, au point que toute résistance lui faisait l'effet d'une sédition déplacée et pour ainsi dire d'une offense. Lorsqu'il perdit la première manche, il devint grognon et se mit à déclarer en termes emberlificotés et sur un ton dictatorial que c'était forcément dû à un moment d'inattention ; à la troisième il rendit le bruit dans la pièce voisine responsable de sa défaillance ; jamais il n'accepta de perdre une partie sans exiger aussitôt sa revanche. Au début, cet acharnement dans la vanité m'amusa ; mais à la fin, je ne la considérai plus que comme un épiphénomène inévitable de ma véritable intention : attirer le champion à notre table.

J'y parvins le troisième jour, et n'y parvins pourtant qu'à moitié. Czentovic nous avait-il observés depuis le pont-promenade,

aus durch das Bordfenster vor dem Schachbrett beobachtet oder daß er nur zufälligerweise den Smoking Room mit seiner Anwesenheit beehrte – jedenfalls trat er, sobald er uns Unberufene seine Kunst ausüben sah, unwillkürlich einen Schritt näher und warf aus dieser gemessenen Distanz einen prüfenden Blick auf unser Brett. McConnor war gerade am Zuge. Und schon dieser eine Zug schien ausreichend, um Czentovic zu belehren, wie wenig ein weiteres Verfolgen unserer dilettantischen Bemühungen seines meisterlichen Interesses würdig sei. Mit derselben selbstverständlichen Geste, mit der unsereiner in einer Buchhandlung einen angebotenen schlechten Detektivroman weglegt, ohne ihn auch nur anzublättern, trat er von unserem Tische fort und verließ den Smoking Room. ›Gewogen und zu leicht befunden‹, dachte ich mir, ein bißchen verärgert durch diesen kühlen, verächtlichen Blick, und um meinem Unmut irgendwie Luft zu machen, äußerte ich zu McConnor:

»Ihr Zug scheint den Meister nicht sehr begeistert zu haben.«

»Welchen Meister?«

Ich erklärte ihm, jener Herr, der eben an uns vorübergegangen und mit mißbilligendem Blick auf unser Spiel gesehen, sei der Schachmeister Czentovic gewesen. Nun, fügte ich hinzu, wir beide würden es überstehen und ohne Herzeleid uns mit seiner illustren Verachtung abfinden; arme Leute müßten eben mit Wasser kochen.

ou bien par le hublot situé devant l'échiquier, avait-il fait par hasard l'honneur de sa présence au fumoir — en tout cas, dès qu'il nous vit exercer son art, amateurs que nous étions, il approcha malgré lui d'un pas et lança, à cette distance mesurée, un regard inquisiteur sur notre échiquier. C'était justement au tour de McConnor de jouer. Et ce seul coup sembla suffire à convaincre Czentovic que suivre nos efforts de dilettante ne méritait vraiment pas qu'il y consacrât son magistral intérêt. De ce geste tout naturel par lequel nous écartons sans même le feuilleter un mauvais roman policier à l'étalage d'une librairie, il s'éloigna de notre table et quitta le fumoir. « Soupesé et jugé trop léger », me dis-je, agacé par ce regard froid et méprisant, et, comme pour laisser un peu libre cours à mon mécontentement, j'annonçai à McConnor :

« Votre coup ne semble pas avoir beaucoup enthousiasmé le maître.

— Quel maître ? »

Je lui expliquai que le monsieur qui venait de passer devant nous et avait regardé notre jeu avec dédain était le maître d'échecs Czentovic. Mais bon, ajoutai-je, nous y survivrions tous les deux et nous accommoderions sans en prendre ombrage de son illustre mépris ; on fait avec ce que l'on a.

Aber zu meiner Überraschung übte auf McConnor meine lässige Mitteilung eine völlig unerwartete Wirkung. Er wurde sofort erregt, vergaß unsere Partie, und sein Ehrgeiz begann geradezu hörbar zu pochen. Er habe keine Ahnung gehabt, daß Czentovic an Bord sei, und Czentovic müsse unbedingt gegen ihn spielen. Er habe noch nie im Leben gegen einen Weltmeister gespielt außer einmal bei einer Simultanpartie mit vierzig anderen; schon das sei furchtbar spannend gewesen, und er habe damals beinahe gewonnen. Ob ich den Schachmeister persönlich kenne? Ich verneinte. Ob ich ihn nicht ansprechen wolle und zu uns bitten? Ich lehnte ab mit der Begründung, Czentovic sei meines Wissens für neue Bekanntschaften nicht sehr zugänglich. Außerdem, was für einen Reiz sollte es einem Weltmeister bieten, mit uns drittklassigen Spielern sich abzugeben?

Nun, das mit den drittklassigen Spielern hätte ich zu einem derart ehrgeizigen Mann wie McConnor lieber nicht äußern sollen. Er lehnte sich verärgert zurück und erklärte schroff, er für seinen Teil könne nicht glauben, daß Czentovic die höfliche Aufforderung eines Gentlemans ablehnen werde, dafür werde er schon sorgen. Auf seinen Wunsch gab ich ihm eine kurze Personsbeschreibung des Weltmeisters, und schon stürmte er, unser Schachbrett gleichgültig im Stich lassend,

Mais, à ma grande surprise, mon commentaire nonchalant produisit sur McConnor un effet totalement inattendu. Il fut aussitôt pris d'excitation, oublia notre partie, et son orgueil battit si fort qu'on aurait juré l'entendre. Il ignorait totalement, expliqua-t-il, que Czentovic était à bord, et il fallait absolument que celui-ci jouât contre lui. De toute sa vie, il n'avait encore jamais joué contre un champion du monde, ou alors juste une fois, lors d'une simultanée, en compagnie de quarante autres ; mais cette expérience avait déjà été effroyablement palpitante, et il avait à l'époque manqué remporter la partie. Connaissais-je personnellement le maître ? Je répondis par la négative. Ne voulais-je pas l'aborder et le prier de se joindre à nous ? Je refusai en expliquant qu'à ma connaissance Czentovic ne nouait pas très facilement de nouvelles relations. Et puis quel attrait cela pouvait-il présenter, pour un champion du monde, de se commettre avec nous autres, joueurs de troisième classe ?

Disons-le, j'aurais mieux fait de ne pas parler de joueurs de troisième classe devant un homme comme McConnor. Piqué, il se radossa à son siège et déclara sèchement que, pour sa part, il ne pouvait croire que Czentovic rejetterait l'invitation courtoise d'un gentleman ; il allait s'en occuper. À sa demande, je lui fis une brève description physique du champion du monde, et déjà, laissant en plan notre échiquier avec indifférence,

in unbeherrschter Ungeduld Czentovic auf das Promenadendeck nach. Wieder spürte ich, daß der Besitzer dermaßen breiter Schultern nicht zu halten war, sobald er einmal seinen Willen in eine Sache geworfen.

Ich wartete ziemlich gespannt. Nach zehn Minuten kehrte McConnor zurück, nicht sehr aufgeräumt, wie mir schien.

»Nun?« fragte ich.

»Sie haben recht gehabt«, antwortete er etwas verärgert. »Kein sehr angenehmer Herr. Ich stellte mich vor, erklärte ihm, wer ich sei. Er reichte mir nicht einmal die Hand. Ich versuchte, ihm auseinanderzusetzen, wie stolz und geehrt wir alle an Bord sein würden, wenn er eine Simultanpartie gegen uns spielen wollte. Aber er hielt seinen Rücken verflucht steif, es täte ihm leid, aber er habe kontraktliche Verpflichtungen gegen seinen Agenten, die ihm ausdrücklich untersagten, während seiner ganzen Tournee ohne Honorar zu spielen. Sein Minimum sei zweihundertfünfzig Dollar pro Partie.«

Ich lachte. »Auf diesen Gedanken wäre ich eigentlich nie geraten, daß Figuren von Schwarz auf Weiß zu schieben ein derart einträgliches Geschäft sein kann. Nun, ich hoffe, Sie haben sich ebenso höflich empfohlen.«

Aber McConnor blieb vollkommen ernst. »Die Partie ist für morgen nachmittag drei Uhr angesetzt. Hier im Rauchsalon. Ich hoffe, wir werden uns nicht so leicht zu Brei schlagen lassen.«

pris d'une impatience non maîtrisée, il se rua sur le pont-promenade à la recherche de Czentovic. Je sentis de nouveau que l'on ne retenait pas un homme doté d'épaules aussi larges une fois qu'il avait lancé sa volonté dans une cause.

J'attendis avec une certaine impatience. Dix minutes plus tard, McConnor revint, et il ne me parut pas être de très bonne humeur.

« Alors ? demandai-je.

— Vous avez eu raison, répondit-il un peu agacé. Ça n'est pas un monsieur très agréable. Je me suis présenté, je lui ai expliqué qui j'étais. Il ne m'a même pas tendu la main. J'ai tenté de lui faire comprendre combien tous les passagers seraient fiers et honorés s'il acceptait de jouer une simultanée contre nous. Mais il est resté l'échine guindée comme une canne ; il était désolé, dit-il, mais le contrat signé avec son agent lui interdisait explicitement de jouer sans percevoir d'honoraires. Son minimum était de deux cent cinquante dollars par partie. »

J'éclatai de rire. « Je n'aurais jamais pensé que pousser des figurines d'une case noire vers une case blanche pût être une activité aussi rentable. Eh bien, j'espère que vous lui avez aussitôt présenté vos courtoises salutations. »

Mais McConnor ne perdit pas son air sérieux. « La partie est prévue pour demain quinze heures. Ici, dans le fumoir. J'espère que nous ne nous laisserons pas piler si facilement.

»Wie? Sie haben ihm die zweihundertfünfzig Dollar bewilligt?« rief ich ganz betroffen aus.

»Warum nicht? C'est son métier. Wenn ich Zahnschmerzen hätte und es wäre zufällig ein Zahnarzt an Bord, würde ich auch nicht verlangen, daß er mir den Zahn umsonst ziehen soll. Der Mann hat ganz recht, dicke Preise zu machen; in jedem Fach sind die wirklichen Könner auch die besten Geschäftsleute. Und was mich betrifft: je klarer ein Geschäft, um so besser. Ich zahle lieber in Cash, als mir von einem Herrn Czentovic Gnaden erweisen zu lassen und mich am Ende noch bedanken zu müssen. Schließlich habe ich in unserem Klub schon mehr an einem Abend verloren als zweihundertfünfzig Dollar und dabei mit keinem Weltmeister gespielt. Für ›drittklassige‹ Spieler ist es keine Schande, von einem Czentovic umgelegt zu werden.«

Es amüsierte mich, zu bemerken, wie tief ich McConnors Selbstgefühl mit dem einen unschuldigen Wort ›drittklassiger Spieler‹ gekränkt hatte. Aber da er den teuren Spaß zu bezahlen gesonnen war, hatte ich nichts einzuwenden gegen seinen deplacierten Ehrgeiz, der mir endlich die Bekanntschaft meines Kuriosums vermitteln sollte. Wir verständigten eiligst die vier oder fünf Herren, die sich bisher als Schachspieler deklariert hatten, von dem bevorstehenden Ereignis

— Quoi ? Vous avez accepté de lui remettre les deux cent cinquante dollars ? m'exclamai-je, consterné.

— Pourquoi pas ? *C'est son métier.* Si j'avais mal aux dents, et qu'il y eût fortuitement un dentiste à bord, je n'exigerais pas non plus qu'il m'arrache une dent gratuitement. Cet homme a tout à fait raison de pratiquer des tarifs élevés ; dans n'importe quelle spécialité, les gens vraiment capables sont aussi les meilleurs hommes d'affaires. Et si vous voulez mon avis, plus une affaire est claire, mieux cela vaut. Je préfère payer cash que de me faire accorder une grâce par M. Czentovic et devoir, par-dessus le marché, le remercier à la fin. Après tout, dans notre club, il m'est déjà arrivé de perdre plus de deux cent cinquante dollars en une soirée sans jouer pour autant avec un champion du monde. Pour des joueurs "de troisième classe", ce n'est pas une honte de se faire allonger par un Czentovic. »

Je notai avec amusement combien j'avais atteint la fierté de McConnor en prononçant l'innocente expression de « joueur de troisième classe ». Mais puisqu'il était d'humeur à payer cette coûteuse plaisanterie, je ne vis rien à objecter à son orgueil déplacé, qui allait me permettre de faire enfin connaissance avec l'objet de ma curiosité. Nous prévînmes au plus vite les quatre ou cinq messieurs qui s'étaient jusque-là déclarés comme joueurs d'échecs de l'événement qui s'annonçait

und ließen, um von durchgehenden Passanten möglichst wenig gestört zu werden, nicht nur unseren Tisch, sondern auch die Nachbartische für das bevorstehende Match im voraus reservieren.

Am nächsten Tage war unsere kleine Gruppe zur vereinbarten Stunde vollzählig erschienen. Der Mittelplatz gegenüber dem Meister blieb selbstverständlich McConnor zugeteilt, der seine Nervosität entlud, indem er eine schwere Zigarre nach der andern anzündete und immer wieder unruhig auf die Uhr blickte. Aber der Weltmeister ließ – ich hatte nach den Erzählungen meines Freundes derlei schon geahnt – gute zehn Minuten auf sich warten, wodurch allerdings sein Erscheinen dann erhöhten Aplomb erhielt. Er trat ruhig und gelassen auf den Tisch zu. Ohne sich vorzustellen– ›Ihr wißt, wer ich bin, und wer ihr seid, interessiert mich nicht‹, schien diese Unhöflichkeit zu besagen –, begann er mit fachmännischer Trockenheit die sachlichen Anordnungen. Da eine Simultanpartie hier an Bord mangels verfügbarer Schachbretter unmöglich sei, schlage er vor, daß wir alle gemeinsam gegen ihn spielen sollten. Nach jedem Zug werde er, um unsere Beratungen nicht zu stören, sich zu einem anderen Tisch am Ende des Raumes verfügen. Sobald wir unseren Gegenzug getan, sollten wir, da bedauerlicherweise keine Tischglocke zur Hand sei, mit dem Löffel gegen ein Glas klopfen. Als maximale Zugzeit schlage er zehn Minuten vor, falls wir keine andere Einteilung wünschten.

et fîmes réserver, pour être aussi peu dérangés que possible par les passants, non seulement notre table, mais aussi les tables voisines, pour le match imminent.

Le lendemain, notre petit groupe se présenta au complet à l'heure dite. La place centrale, face au maître, resta bien entendu attribuée à McConnor, qui soulagea sa nervosité en allumant un gros cigare après l'autre et en regardant sans arrêt l'horloge. Mais le champion du monde se fit attendre dix bonnes minutes — me fiant aux récits de mon ami, je m'étais attendu à ce genre de choses —, ce qui donna à son apparition un aplomb supplémentaire. Il se dirigea vers la table, tranquille et détendu. Sans se présenter — « Vous savez qui je suis, et savoir qui vous êtes ne m'intéresse pas », tel semblait être le message de cette attitude discourtoise —, il commença, avec une sécheresse de spécialiste, à prendre les dispositions concrètes. Comme une simultanée à bord était impossible faute d'échiquiers disponibles, il proposa que nous jouions tous ensemble contre lui. Après chaque coup, pour ne pas troubler nos délibérations, il se rendrait à une autre table, à l'extrémité de la pièce. Dès que nous aurions répliqué, nous devrions, comme nous ne disposions malheureusement pas de cloche de table, taper contre un verre avec la cuiller. Il proposa de fixer à dix minutes l'intervalle maximal entre deux coups, si nous ne souhaitions pas une autre disposition.

Wir pflichteten selbstverständlich wie schüchterne Schüler jedem Vorschlag bei. Die Farbenwahl teilte Czentovic Schwarz zu: noch im Stehen tat er den ersten Gegenzug und wandte sich dann gleich dem von ihm vorgeschlagenen Warteplatz zu, wo er lässig hingelehnt eine illustrierte Zeitschrift durchblätterte.

Es hat wenig Sinn, über die Partie zu berichten. Sie endete selbstverständlich, wie sie enden mußte: mit unserer totalen Niederlage, und zwar bereits beim vierundzwanzigsten Zug. Daß nun ein Weltschachmeister ein halbes Dutzend mittlerer oder untermittlerer Spieler mit der linken Hand niederfegt, war an sich wenig erstaunlich; verdrießlich wirkte eigentlich auf uns alle nur die präpotente Art, mit der Czentovic es uns alle deutlich fühlen ließ, daß er uns mit der linken Hand erledigte. Er warf jedesmal nur einen scheinbar flüchtigen Blick auf das Brett, sah an uns so lässig vorbei, als ob wir selbst tote Holzfiguren wären, und diese impertinente Geste erinnerte unwillkürlich an die, mit der man einem räudigen Hund abgewendeten Blicks einen Brocken zuwirft. Bei einiger Feinfühligkeit hätte er meiner Meinung nach uns auf Fehler aufmerksam machen können oder durch ein freundliches Wort aufmuntern. Aber auch nach Beendigung der Partie äußerte dieser unmenschliche Schachautomat keine Silbe, sondern wartete, nachdem er »Matt« gesagt, regungslos vor dem Tische, ob man noch eine zweite Partie von ihm wünsche.

Bien entendu, nous approuvâmes chacune de ses propositions comme le font des écoliers timides. Le sort attribua les noirs à Czentovic ; il joua sa réplique encore debout, puis se dirigea immédiatement vers la place qu'il avait proposée pour y attendre ; tranquillement assis, il y feuilleta une revue illustrée.

Raconter le déroulement de la partie n'a pas beaucoup de sens. Elle s'acheva bien entendu comme elle devait s'achever, c'est-à-dire sur notre défaite à plate couture, et ce dès le vingt-quatrième coup. Qu'un champion du monde balaie d'un revers de main une demi-douzaine de joueurs moyens ou médiocres n'avait en soi rien de bien étonnant ; ce qui nous fut désagréable à tous, ce fut seulement l'arrogance avec laquelle Czentovic nous fit sentir par trop clairement qu'il n'avait eu aucune difficulté à nous liquider. À chaque fois, il se contentait de lancer sur l'échiquier un regard en apparence furtif, qui nous négligeait avec nonchalance, comme si nous étions nous-mêmes des pièces de bois inanimées, et ce geste impertinent rappelait involontairement celui avec lequel on jette un morceau à un chien galeux, en détournant le regard. Avec un peu de tact, il aurait selon moi pu attirer notre attention sur des erreurs ou nous encourager d'un mot aimable. Or, même après la fin de la partie, cet automate des échecs, cet être inhumain, ne lâcha pas une syllabe ; une fois le « mat » annoncé, il attendit, immobile devant la table, de savoir si l'on souhaitait qu'il jouât une deuxième partie.

Schon war ich aufgestanden, um hilflos, wie man immer gegen dickfellige Grobheit bleibt, durch eine Geste anzudeuten, daß mit diesem erledigten Dollargeschäft wenigstens meinerseits das Vergnügen unserer Bekanntschaft beendet sei, als zu meinem Ärger neben mir McConnor mit ganz heiserer Stimme sagte: »Revanche!«

Ich erschrak geradezu über den herausfordernden Ton; tatsächlich bot McConnor in diesem Augenblick eher den Eindruck eines Boxers vor dem Losschlagen als den eines höflichen Gentlemans. War es die unangenehme Art der Behandlung, die uns Czentovic hatte zuteil werden lassen, oder nur sein pathologisch reizbarer Ehrgeiz – jedenfalls war McConnors Wesen vollkommen verändert. Rot im Gesicht bis hoch hinauf an das Stirnhaar, die Nüstern von innerem Druck stark aufgespannt, transpirierte er sichtlich, und von den verbissenen Lippen schnitt sich scharf eine Falte gegen sein kämpferisch vorgerecktes Kinn. Ich erkannte beunruhigt in seinem Auge jenes Flackern unbeherrschter Leidenschaft, wie sie sonst Menschen nur am Roulettetische ergreift, wenn zum sechsten- oder siebentenmal bei immer verdoppeltem Einsatz nicht die richtige Farbe kommt. In diesem Augenblick wußte ich, dieser fanatisch Ehrgeizige würde, und sollte es ihn sein ganzes Vermögen kosten, gegen Czentovic so lange spielen und spielen und spielen,

Je m'étais déjà levé pour indiquer d'un geste désemparé — ce que l'on est toujours face à une grossièreté aussi épaisse — que, puisque cette affaire qui avait coûté une belle liasse de dollars était terminée, le plaisir d'avoir fait connaissance l'était aussi, du moins pour ce qui me concernait, lorsque, à mon grand agacement, McConnor, à côté de moi, dit d'une voix très rauque : « Revanche ! »

Je fus presque effrayé par son ton provocateur ; et de fait, McConnor donnait plus, en cet instant, l'impression d'un boxeur s'apprêtant à frapper que celle d'un gentleman courtois. Était-ce le traitement désagréable que Czentovic nous avait réservé ou juste l'orgueil et l'irritabilité maladive de l'homme d'affaires ? En tout cas, McConnor avait changé du tout au tout. Le visage rouge jusqu'à la racine des cheveux, les narines fortement dilatées sous l'effet de la pression mentale, il transpirait à vue d'œil et, partant de ses lèvres serrées, un pli se creusait en profondeur jusqu'à son menton pointé vers l'avant, qui lui donnait l'air combatif. Je reconnus avec inquiétude dans son œil ce vacillement incontrôlé de la passion qui ne s'empare, d'ordinaire, que des joueurs installés à la roulette lorsque, pour la sixième ou la septième fois, alors qu'ils ne cessent de doubler la mise, ce n'est pas la bonne couleur qui sort. Je sus à cet instant que, même si cela devait lui coûter toute sa fortune, cet orgueilleux fanatique jouerait, jouerait et jouerait encore contre Czentovic,

einfach oder doubliert, bis er wenigstens ein einziges Mal eine Partie gewonnen. Wenn Czentovic durchhielt, so hatte er an McConnor eine Goldgrube gefunden, aus der er bis Buenos Aires ein paar tausend Dollar schaufeln konnte.

Czentovic blieb unbewegt. »Bitte«, antwortete er höflich. »Die Herren spielen jetzt Schwarz.«

Auch die zweite Partie bot kein verändertes Bild, außer daß durch einige Neugierige unser Kreis nicht nur größer, sondern auch lebhafter geworden war. McConnor blickte so starr auf das Brett, als wollte er die Figuren mit seinem Willen, zu gewinnen, magnetisieren; ich spürte ihm an, daß er auch tausend Dollar begeistert geopfert hätte für den Lustschrei ›Matt!‹ gegen den kaltschnäuzigen Gegner. Merkwürdigerweise ging etwas von seiner verbissenen Erregung unbewußt in uns über. Jeder einzelne Zug wurde ungleich leidenschaftlicher diskutiert als vordem, immer hielten wir noch im letzten Moment einer den andern zurück, ehe wir uns einigten, das Zeichen zu geben, das Czentovic an unseren Tisch zurückrief. Allmählich waren wir beim siebzehnten Zuge angelangt, und zu unserer eigenen Überraschung war eine Konstellation eingetreten, die verblüffend vorteilhaft schien, weil es uns gelungen war, den Bauern der c-Linie bis auf das vorletzte Feld c2 zu bringen;

avec une mise simple ou double, jusqu'à ce qu'il ait gagné une partie, ne fût-ce qu'une fois. Si Czentovic tenait bon, il aurait trouvé en McConnor une mine d'or dans laquelle il pourrait creuser quelques milliers de dollars d'ici notre arrivée à Buenos Aires.

Czentovic resta impassible. « Je vous en prie, répondit-il courtoisement. Ces messieurs jouent à présent avec les noirs. »

La deuxième partie n'offrit pas un tableau différent de la précédente, si ce n'est que quelques curieux avaient non seulement agrandi notre cercle, mais l'avaient aussi rendu plus vivant. McConnor fixait l'échiquier comme s'il voulait, par la seule force de sa volonté, magnétiser les pièces et les faire gagner ; je sentis en le regardant qu'il aurait même sacrifié mille dollars avec enthousiasme pour le seul plaisir de crier « mat ! » face à cet adversaire insolent. Curieusement, un peu de son excitation acharnée se communiquait à nous. Chaque coup était discuté avec infiniment plus de passion qu'auparavant, nous nous retenions toujours mutuellement jusqu'au dernier moment avant d'émettre, d'un commun accord, le signal qui ramènerait Czentovic à notre table. Nous étions peu à peu arrivés au dix-septième coup et, à notre grande surprise, nous nous étions retrouvés dans une situation qui nous plaçait dans une position favorable ahurissante, parce que nous étions parvenus à amener le pion de la ligne c sur l'avant-dernière case, c2 ;

wir brauchten ihn nur vorzuschieben auf c1, um eine neue Dame zu gewinnen. Ganz behaglich war uns freilich nicht bei dieser allzu offenkundigen Chance; wir argwöhnten einmütig, dieser scheinbar von uns errungene Vorteil müsse von Czentovic, der doch die Situation viel weitblickender übersah, mit Absicht uns als Angelhaken zugeschoben sein. Aber trotz angestrengtem gemeinsamem Suchen und Diskutieren vermochten wir die versteckte Finte nicht wahrzunehmen. Schließlich, schon knapp am Rande der verstatteten Überlegungsfrist, entschlossen wir uns, den Zug zu wagen. Schon rührte McConnor den Bauern an, um ihn auf das letzte Feld zu schieben, als er sich jäh am Arm gepackt fühlte und jemand leise und heftig flüsterte: »Um Gottes willen! Nicht!«

Unwillkürlich wandten wir uns alle um. Ein Herr von etwa fünfundvierzig Jahren, dessen schmales, scharfes Gesicht mir schon vordem auf der Deckpromenade durch seine merkwürdige, fast kreidige Blässe aufgefallen war, mußte in den letzten Minuten, indes wir unsere ganze Aufmerksamkeit dem Problem zuwandten, zu uns getreten sein. Hastig fügte er, unsern Blick spürend, hinzu:

»Wenn Sie jetzt eine Dame machen, schlägt er sie sofort mit dem Läufer c1, Sie nehmen mit dem Springer zurück. Aber inzwischen geht er mit seinem Freibauern auf d7, bedroht Ihren Turm,

nous n'avions plus qu'à le faire avancer sur c1 pour faire dame une nouvelle fois. Cette chance trop évidente ne nous mettait cependant pas tout à fait à notre aise ; nous soupçonnions tous que cet avantage, apparemment conquis par nos soins, était en réalité tendu comme un hameçon par Czentovic, qui voyait bien plus loin que nous. Mais nous eûmes beau nous fatiguer à chercher et à discuter, nous ne pûmes découvrir la feinte dissimulée. Finalement, alors que nous étions à deux doigts de la fin du délai de réflexion autorisé, nous décidâmes de risquer le coup. McConnor touchait déjà le pion pour le pousser sur la dernière case lorsqu'il sentit brusquement qu'on l'attrapait par le bras, et quelqu'un chuchota, d'une voix discrète mais vive : « Pour l'amour de Dieu ! Ne faites pas cela ! »

Nous nous retournâmes tous sans même le vouloir. Un monsieur d'environ quarante-cinq ans, dont j'avais déjà remarqué le visage mince et tranchant plus tôt, sur le pont-promenade, en raison de son étrange pâleur, presque crayeuse, devait nous avoir rejoints au cours des dernières minutes, alors que nous consacrions toute notre attention au problème. Sentant notre regard, il ajouta hâtivement :

« Si vous faites une dame maintenant, il la bat aussitôt avec le fou c1, vous reprenez avec le cavalier. Mais entre-temps, il va sur d7 avec son pion passé, menace votre tour,

und auch wenn Sie mit dem Springer Schach sagen, verlieren Sie und sind nach neun bis zehn Zügen erledigt. Es ist beinahe dieselbe Konstellation, wie sie Aljechin gegen Bogoljubow 1922 im Pistyaner Großturnier initiiert hat.«

McConnor ließ erstaunt die Hand von der Figur und starrte nicht minder verwundert als wir alle auf den Mann, der wie ein unvermuteter Engel helfend vom Himmel kam. Jemand, der auf neun Züge im voraus ein Matt berechnen konnte, mußte ein Fachmann ersten Ranges sein, vielleicht sogar ein Konkurrent um die Meisterschaft, der zum gleichen Turnier reiste, und sein plötzliches Kommen und Eingreifen gerade in einem so kritischen Moment hatte etwas fast Übernatürliches. Als erster faßte sich McConnor.

»Was würden Sie raten?« flüsterte er aufgeregt.

»Nicht gleich vorziehen, sondern zunächst ausweichen! Vor allem mit dem König abrücken aus der gefährdeten Linie von g8 auf h7. Er wird wahrscheinlich den Angriff dann auf die andere Flanke hinüberwerfen. Aber das parieren Sie mit Turm c8-c4; das kostet ihn zwei Tempi, einen Bauern und damit die Überlegenheit. Dann steht Freibauer gegen Freibauer, und wenn Sie sich richtig defensiv halten, kommen Sie noch auf Remis. Mehr ist nicht herauszuholen.«

Wir staunten abermals.

et même si vous le mettez en échec avec le cavalier vous perdez et vous êtes liquidé en neuf ou dix coups. C'est pratiquement le même système que celui qu'a mis en place Alekhine contre Bogoliubov en 1922, au grand tournoi de Piestany. »

McConnor, étonné, ôta la main de la pièce et regarda, pas moins ébahi que nous tous, cet homme qui semblait tomber du ciel comme un ange secourable et inespéré. Pour pouvoir prévoir un mat à neuf coups d'avance, il fallait être un spécialiste de premier ordre — il s'agissait peut-être même d'un aspirant au titre de champion du monde qui voyageait pour participer au même tournoi. Son arrivée et son intervention subites, dans un moment aussi critique, avaient quelque chose de quasi surnaturel. McConnor fut le premier à se ressaisir.

« Que conseilleriez-vous ? chuchota-t-il avec une certaine excitation.

— Ne pas avancer tout de suite, commencer par esquiver ! Avant toute chose, quitter la ligne dangereuse en faisant passer le roi de g8 à h7. Il rejettera probablement ensuite l'attaque sur l'autre flanc. Mais vous le parerez avec la tour en c8-c4 ; cela lui coûtera deux temps, un pion et du même coup la supériorité. Ensuite ce sera pion passé contre pion passé, et si vous gardez correctement la défensive vous arriverez tout de même au nul. Vous n'obtiendrez pas plus. »

Nous nous regardâmes une fois encore avec étonnement.

Die Präzision nicht minder als die Raschheit seiner Berechnung hatte etwas Verwirrendes; es war, als ob er die Züge aus einem gedruckten Buch ablesen würde. Immerhin wirkte die unvermutete Chance, dank seines Eingreifens unsere Partie gegen einen Weltmeister auf Remis zu bringen, zauberisch. Einmütig rückten wir zur Seite, um ihm freieren Blick auf das Brett zu gewähren. Noch einmal fragte McConnor:

»Also König g8 auf h7?«

»Jawohl! Ausweichen vor allem!«

McConnor gehorchte, und wir klopften an das Glas. Czentovic trat mit seinem gewohnt gleichmütigen Schritt an unseren Tisch und maß mit einem einzigen Blick den Gegenzug. Dann zog er auf dem Königsflügel den Bauern h2-h4, genau wie es unser unbekannter Helfer vorausgesagt. Und schon flüsterte dieser aufgeregt:

»Turm vor, Turm vor, c8 auf c4, er muß dann zuerst den Bauern decken. Aber das wird ihm nichts helfen! Sie schlagen, ohne sich um seinen Freibauern zu kümmern, mit dem Springer c3-d5, und das Gleichgewicht ist wieder hergestellt. Den ganzen Druck vorwärts, statt zu verteidigen!«

Wir verstanden nicht, was er meinte. Für uns war, was er sagte, Chinesisch. Aber schon einmal in seinem Bann, zog McConnor ohne zu überlegen, wie jener geboten. Wir schlugen abermals an das Glas, um Czentovic zurückzurufen. Zum erstenmal entschied er sich nicht rasch, sondern blickte gespannt auf das Brett.

La précision tout autant que la rapidité de son calcul avaient quelque chose de troublant; on aurait dit qu'il lisait les coups dans un livre imprimé. L'opportunité inespérée de mener notre adversaire au nul grâce à son intervention paraissait tout de même relever du prodige. Nous nous mîmes tous sur le côté pour lui dégager une meilleure vue sur l'échiquier. Et McConnor redemanda :

« Donc, roi g8 sur h7?

— Bien sûr! Esquiver avant tout! »

McConnor obéit et nous fîmes tinter le verre. Czentovic approcha de notre table, de son pas indifférent habituel, et mesura la riposte d'un seul regard. Puis il joua sur l'aile du roi le pion h2-h4, exactement comme l'avait prédit l'inconnu venu à notre secours. Et déjà celui-ci chuchotait d'une voix excitée :

« Tour en avant, tour en avant, c8 sur c4, ensuite il devra commencer par couvrir le pion. Mais ça ne lui servira à rien! Vous, sans vous préoccuper de son pion passé, vous frappez avec le cavalier en c3-d5, et l'équilibre est rétabli. Toute la pression vers l'avant, plutôt que de défendre! »

Nous ne comprenions pas ce qu'il voulait dire. Pour nous, c'était du chinois. Mais, désormais pris sous son aura, McConnor joua, sans réfléchir, ce que l'homme lui avait commandé. Nous fîmes de nouveau sonner le verre pour rappeler Czentovic. Pour la première fois, il ne se décida pas tout de suite, mais regarda l'échiquier, l'air tendu.

Dann tat er genau den Zug, den der Fremde uns angekündigt, und wandte sich zum Gehen. Jedoch ehe er zurücktrat, geschah etwas Neues und Unerwartetes. Czentovic hob den Blick und musterte unsere Reihen; offenbar wollte er herausfinden, wer ihm mit einemmal so energischen Widerstand leistete.

Von diesem Augenblick an wuchs unsere Erregung ins Ungemessene. Bisher hatten wir ohne ernstliche Hoffnung gespielt, nun aber trieb der Gedanke, den kalten Hochmut Czentovics zu brechen, uns eine fliegende Hitze durch alle Pulse. Schon aber hatte unser neuer Freund den nächsten Zug angeordnet, und wir konnten – die Finger zitterten mir, als ich den Löffel an das Glas schlug – Czentovic zurückrufen. Und nun kam unser erster Triumph. Czentovic, der bisher immer nur im Stehen gespielt, zögerte, zögerte und setzte sich schließlich nieder. Er setzte sich langsam und schwerfällig; damit aber war schon rein körperlich das bisherige Von-oben-herab zwischen ihm und uns aufgehoben. Wir hatten ihn genötigt, sich wenigstens räumlich auf eine Ebene mit uns zu begeben. Er überlegte lange, die Augen unbeweglich auf das Brett gesenkt, so daß man kaum mehr die Pupillen unter den schwarzen Lidern wahrnehmen konnte, und im angestrengten Nachdenken öffnete sich ihm allmählich der Mund, was seinem runden Gesicht einen etwas einfältigen Ausdruck gab.

Puis il joua exactement le coup que l'inconnu nous avait annoncé et tourna des talons. Mais avant qu'il ne reparte survint quelque chose de nouveau et d'inattendu. Czentovic leva les yeux et examina nos rangs — il voulait manifestement établir qui lui opposait d'un seul coup une résistance aussi énergique.

À partir de cet instant, notre excitation ne connut plus de limites. Jusqu'ici, nous avions joué sans espoir sérieux ; désormais, l'idée de briser la froide arrogance de Czentovic faisait courir en nous une vague de chaleur à chaque battement de cœur. Mais déjà notre nouvel ami avait ordonné le coup suivant, et nous pûmes rappeler Czentovic — mes doigts tremblaient lorsque je cognai la cuiller contre le verre. Alors survint notre premier triomphe. Czentovic, qui avait jusqu'alors toujours joué debout, hésita, hésita encore et finit par s'asseoir. Il le fit lentement, pesamment ; mais du point de vue purement physique, cela suffit à abolir la position de supériorité qu'il arborait jusqu'ici à notre égard. Nous l'avions forcé à se placer, au moins du point de vue topographique, au même niveau que nous. Il réfléchit longtemps, les yeux immobiles et dirigés vers l'échiquier, si bien que l'on ne voyait pratiquement plus les pupilles sous ses paupières sombres, et l'effort que lui demanda sa réflexion le poussa à ouvrir peu à peu la bouche, ce qui donna à son visage rond une apparence un peu naïve.

Czentovic überlegte einige Minuten, dann tat er einen Zug und stand auf. Und schon flüsterte unser Freund:

»Ein Hinhaltezug! Gut gedacht! Aber nicht darauf eingehen! Abtausch forcieren, unbedingt Abtausch, dann kommen wir auf Remis, und kein Gott kann ihm helfen.«

McConnor gehorchte. Es begann in den nächsten Zügen zwischen den beiden – wir anderen waren längst zu leeren Statisten herabgesunken – ein uns unverständliches Hin und Her. Nach etwa sieben Zügen sah Czentovic nach längerem Nachdenken auf und erklärte: »Remis.«

Einen Augenblick herrschte totale Stille. Man hörte plötzlich die Wellen rauschen und das Radio aus dem Salon herüberjazzen, man vernahm jeden Schritt vom Promenadendeck und das leise, feine Sausen des Windes, der durch die Fugen der Fenster fuhr. Keiner von uns atmete, es war zu plötzlich gekommen und wir alle noch geradezu erschrocken über das Unwahrscheinliche, daß dieser Unbekannte dem Weltmeister in einer schon halb verlorenen Partie seinen Willen aufgezwungen haben sollte. McConnor lehnte sich mit einem Ruck zurück, der zurückgehaltene Atem fuhr ihm hörbar in einem beglückten »Ah!« von den Lippen. Ich wiederum beobachtete Czentovic. Schon bei den letzten Zügen hatte mir geschienen, als ob er blässer geworden sei. Aber er verstand sich gut zusammenzuhalten.

Czentovic réfléchit quelques minutes, puis il joua son coup et se leva. Et déjà notre ami chuchotait :

« Un coup d'observation ! Bien pensé ! Mais ne vous laissez pas prendre ! Forcez l'échange, l'échange, absolument, ensuite nous pouvons aller vers le nul, et aucun Dieu ne pourra rien pour lui. »

McConnor obéit. Aux coups suivants se déroula entre les deux joueurs un va-et-vient que nous étions incapables de comprendre — nous avions été ravalés depuis très longtemps au rang de simples figurants. Au bout d'environ sept coups, Czentovic réfléchit assez longuement, leva les yeux et annonça : « Nul. »

Pendant un instant, le silence fut total. On entendit d'un seul coup le bruissement des vagues et les airs de jazz que la radio diffusait dans le salon, on perçut le moindre pas sur le pont-promenade et le sifflement discret et subtil du vent qui soufflait par les interstices des fenêtres. Aucun de nous ne respirait, c'était arrivé trop soudainement et nous étions tous pratiquement choqués par l'improbable réalité : cet inconnu avait imposé sa volonté au champion du monde dans une partie déjà à moitié perdue. McConnor s'adossa à sa chaise et relâcha son souffle, qui lui arracha un « ah ! » de satisfaction. Quant à moi, j'observais Czentovic. Dès les derniers coups, j'avais eu l'impression de le voir pâlir. Mais il se maîtrisait bien.

Er verharrte in seiner scheinbar gleichmütigen Starre und fragte nur in lässiger Weise, während er die Figuren mit ruhiger Hand vom Brette schob:

»Wünschen die Herren noch eine dritte Partie?«

Er stellte die Frage rein sachlich, rein geschäftlich. Aber das Merkwürdige war, er hatte dabei nicht McConnor angeblickt, sondern scharf und gerade das Auge gegen unseren Retter erhoben. Wie ein Pferd am festeren Sitz einen neuen, einen besseren Reiter, mußte er an den letzten Zügen seinen wirklichen, seinen eigentlichen Gegner erkannt haben. Unwillkürlich folgten wir seinem Blick und sahen gespannt auf den Fremden. Jedoch ehe dieser sich besinnen oder gar antworten konnte, hatte in seiner ehrgeizigen Erregung McConnor schon triumphierend ihm zugerufen:

»Selbstverständlich! Aber jetzt müssen Sie allein gegen ihn spielen! Sie allein gegen Czentovic!«

Doch nun ereignete sich etwas Unvorhergesehenes. Der Fremde, der merkwürdigerweise noch immer angestrengt auf das schon abgeräumte Schachbrett starrte, schrak auf, da er alle Blicke auf sich gerichtet und sich so begeistert angesprochen fühlte. Seine Züge verwirrten sich.

»Auf keinen Fall, meine Herren«, stammelte er sichtlich betroffen. »Das ist völlig ausgeschlossen... ich komme gar nicht in Betracht...

Il demeura dans son immobilité et son indifférence apparente et demanda seulement, de la manière la plus nonchalante, tout en ôtant d'une main tranquille les pièces de l'échiquier :

« Ces messieurs souhaitent-ils une troisième partie ? »

Il posa la question d'un ton sobre, purement commercial. Curieusement, il ne l'adressa pas à McConnor, mais en lançant un regard droit et acéré vers notre sauveur. Comme un cheval sentant qu'il est plus fermement monté par un meilleur cavalier, il avait certainement reconnu, aux derniers coups, qui était son véritable adversaire. Nous suivîmes malgré nous son regard et observâmes l'étranger avec une certaine tension. Mais avant que celui-ci ait pu se reprendre, et *a fortiori* répondre, McConnor lui avait déjà lancé, d'un air triomphal et porté par l'excitation que lui donnait son orgueil :

« Bien entendu ! Mais maintenant, vous allez devoir jouer seul contre lui ! Vous seul contre Czentovic ! »

Alors survint un événement imprévu. L'inconnu, qui, curieusement, regardait toujours fixement l'échiquier déjà rangé, tressaillit en sentant tous les regards braqués sur lui, et en voyant qu'on l'interpellait avec tant d'enthousiasme. Ses traits se décomposèrent.

« En aucun cas, messieurs, finit-il par bredouiller, visiblement consterné. C'est totalement exclu... ne songez même pas à moi...

ich habe seit zwanzig, nein, fünfundzwanzig Jahren vor keinem Schachbrett gesessen... und ich sehe erst jetzt, wie ungehörig ich mich betragen habe, indem ich mich ohne Ihre Verstattung in Ihr Spiel einmengte... Bitte, entschuldigen Sie meine Vordringlichkeit... ich will gewiß nicht weiter stören.« Und noch ehe wir uns von unserer Überraschung zurechtfanden, hatte er sich bereits zurückgezogen und das Zimmer verlassen.

»Aber das ist doch ganz unmöglich!« dröhnte der temperamentvolle McConnor, mit der Faust aufschlagend. »Völlig ausgeschlossen, daß dieser Mann fünfundzwanzig Jahre nicht Schach gespielt haben soll! Er hat doch jeden Zug, jede Gegenpointe auf fünf, auf sechs Züge vorausberechnet. So etwas kann niemand aus dem Handgelenk. Das ist doch völlig ausgeschlossen – nicht wahr?«

Mir der letzten Frage hatte sich McConnor unwillkürlich an Czentovic gewandt. Aber der Weltmeister blieb unerschütterlich kühl.

»Ich vermag darüber kein Urteil abzugeben. Jedenfalls hat der Herr etwas befremdlich und interessant gespielt; deshalb habe ich ihm auch absichtlich eine Chance gelassen.« Gleichzeitig lässig aufstehend, fügte er in seiner sachlichen Art hinzu:

»Sollte der Herr oder die Herren morgen eine abermalige Partie wünschen, so stehe ich von drei Uhr ab zur Verfügung.«

je ne me suis pas assis devant un échiquier depuis vingt, non, depuis vingt-cinq ans... et je vois seulement maintenant combien je me suis comporté de manière peu convenable en m'immisçant dans votre partie, sans votre autorisation... Je vous en prie, excusez mon intrusion... je ne veux certainement pas vous déranger plus longtemps. » Et avant même que nous ne nous soyons remis de notre surprise, il s'était déjà retiré et avait quitté la pièce.

« Mais enfin, c'est parfaitement impossible ! mugit McConnor avec son tempérament habituel, en tapant du poing sur la table. Il est totalement exclu que cet homme n'ait pas joué aux échecs pendant vingt-cinq ans ! Il a calculé avec cinq ou six coups d'avance chaque coup et chaque riposte. Personne ne réussit cela d'un tour de main. Voyons, c'est inimaginable — n'est-ce pas ? »

En posant sa dernière question, McConnor s'était malgré lui adressé à Czentovic. Mais le champion du monde demeura d'une froideur inébranlable.

« Je ne suis pas en mesure d'en juger. En tout cas, ce monsieur a joué d'une manière un peu déconcertante et intéressante ; c'est la raison pour laquelle je lui ai volontairement laissé une chance. » Puis, tout en se levant nonchalamment, il ajouta avec sa sobriété habituelle :

« Si ce monsieur ou ces messieurs souhaitent une nouvelle partie demain, je serai à leur disposition à partir de trois heures. »

Wir konnten ein leises Lächeln nicht unterdrücken. Jeder von uns wußte, daß Czentovic unserem unbekannten Helfer keineswegs großmütig eine Chance gelassen und diese Bemerkung nichts anderes als eine naive Ausflucht war, um sein eigenes Versagen zu maskieren. Um so heftiger wuchs unser Verlangen, einen derart unerschütterlichen Hochmut gedemütigt zu sehen. Mit einemmal war über uns friedliche, lässige Bordbewohner eine wilde, ehrgeizige Kampflust gekommen, denn der Gedanke, daß gerade auf unserem Schiff mitten auf dem Ozean dem Schachmeister die Palme entrungen werden könnte – ein Rekord, der dann von allen Telegraphenbüros über die ganze Welt hingeblitzt würde –, faszinierte uns in herausforderndster Weise. Dazu kam noch der Reiz des Mysteriösen, der von dem unerwarteten Eingreifen unseres Retters gerade im kritischen Moment ausging, und der Kontrast seiner fast ängstlichen Bescheidenheit mit dem unerschütterlichen Selbstbewußtsein des Professionellen. Wer war dieser Unbekannte? Hatte hier der Zufall ein noch unentdecktes Schachgenie zutage gefördert? Oder verbarg uns aus einem unerforschlichen Grunde ein berühmter Meister seinen Namen? Alle diese Möglichkeiten erörterten wir in aufgeregtester Weise, selbst die verwegensten Hypothesen waren uns nicht verwegen genug, um die rätselhafte Scheu und das überraschende Bekenntnis des Fremden mit seiner doch unverkennbaren Spielkunst in Einklang zu bringen.

Nous ne pûmes réprimer un léger sourire. Chacun de nous savait que Czentovic n'avait en aucun cas généreusement laissé sa chance à l'inconnu venu à notre secours, et que cette remarque n'était qu'une échappatoire naïve pour masquer sa propre défaillance. Nous eûmes d'autant plus envie d'assister à l'humiliation d'un homme à l'arrogance aussi inébranlable. Nous fûmes pris d'un seul coup, nous, paisibles passagers détendus, d'une soif de combat furieuse et orgueilleuse ; l'idée que ce fût justement sur notre navire, au milieu de l'océan, que le maître d'échecs allait peut-être perdre sa palme — un exploit dont tous les bureaux télégraphiques transmettraient ensuite la nouvelle à la vitesse de l'éclair — nous fascinait au plus haut point. À cela s'ajoutaient l'attrait du mystérieux qui émanait de l'intervention inattendue de notre sauveur à l'instant critique, et le contraste entre sa modestie presque peureuse et l'inébranlable conscience de soi du professionnel. Qui était cet inconnu ? Le hasard avait-il fait surgir ici un génie des échecs que nul n'aurait encore découvert ? Ou bien un maître célèbre nous dissimulait-il son identité pour des motifs insondables ? Nous débattîmes de toutes ces possibilités avec la plus grande excitation, même les hypothèses les plus audacieuses ne l'étaient pas assez à nos yeux pour faire concorder cette timidité énigmatique et la surprenante confession de l'inconnu avec ses capacités évidentes dans l'art des échecs.

In einer Hinsicht jedoch blieben wir alle einig: keinesfalls auf das Schauspiel eines neuerlichen Kampfes zu verzichten. Wir beschlossen, alles zu versuchen, damit unser Helfer am nächsten Tage eine Partie gegen Czentovic spiele, für deren materielles Risiko McConnor aufzukommen sich verpflichtete. Da sich inzwischen durch Umfrage beim Steward herausgestellt hatte, daß der Unbekannte ein Österreicher sei, wurde mir als seinem Landsmann der Auftrag zugeteilt, ihm unsere Bitte zu unterbreiten.

Ich benötigte nicht lange, um auf dem Promenadendeck den so eilig Entflüchteten aufzufinden. Er lag auf seinem Deckchair und las. Ehe ich auf ihn zutrat, nahm ich die Gelegenheit wahr, ihn zu betrachten. Der scharfgeschnittene Kopf ruhte in der Haltung leichter Ermüdung auf dem Kissen, abermals fiel mir die merkwürdige Blässe des verhältnismäßig jungen Gesichtes besonders auf, dem die Haare blendend weiß die Schläfen rahmten; ich hatte, ich weiß nicht warum, den Eindruck, dieser Mann müsse plötzlich gealtert sein. Kaum ich auf ihn zutrat, erhob er sich höflich und stellte sich mit einem Namen vor, der mir sofort vertraut war als der einer hochangesehenen altösterreichischen Familie. Ich erinnerte mich, daß ein Träger dieses Namens zu dem engsten Freundeskreise Schuberts gehört hatte und auch einer der Leibärzte des alten Kaisers dieser Familie entstammte.

Sur un point, toutefois, nous étions unanimes : il ne fallait en aucun cas renoncer au spectacle que constituerait une nouvelle confrontation. Nous décidâmes de tout tenter pour que l'homme venu à notre secours joue le lendemain une partie contre Czentovic, partie dont McConnor s'engageait à couvrir le risque matériel. Comme on avait appris entre-temps, en interrogeant le steward, que l'inconnu était un Autrichien, on me chargea, puisque j'étais son compatriote, de lui transmettre notre demande.

Il ne me fallut pas longtemps pour trouver sur le pont-promenade celui qui avait pris la fuite avec tant de hâte. Il était assis sur son transat et lisait. Avant de le rejoindre, je profitai de l'occasion pour l'observer. Sa tête aux traits taillés à la hache reposait sur le coussin dans une attitude de légère lassitude — une fois encore, je fus frappé par la curieuse pâleur de ce visage relativement jeune dont les cheveux auréolaient les tempes d'un blanc aveuglant; j'eus, j'ignore pourquoi, l'impression que cet homme avait dû vieillir d'un seul coup. À peine fus-je devant lui qu'il se leva courtoisement et se présenta, citant un nom qui me parut aussitôt familier : c'était celui d'une vieille et prestigieuse famille autrichienne. Je me rappelais qu'une personne répondant à ce nom-là avait fait partie du tout premier cercle des amis de Schubert, et que l'un des médecins personnels de l'ancien empereur descendait lui aussi de cette famille.

Als ich Dr. B. unsere Bitte übermittelte, die Herausforderung Czentovics anzunehmen, war er sichtlich verblüfft. Es erwies sich, daß er keine Ahnung gehabt hatte, bei jener Partie einen Weltmeister, und gar den zur Zeit erfolgreichsten, ruhmreich bestanden zu haben. Aus irgendeinem Grunde schien diese Mitteilung auf ihn besonderen Eindruck zu machen, denn er erkundigte sich immer wieder von neuem, ob ich dessen gewiß sei, daß sein Gegner tatsächlich ein anerkannter Weltmeister gewesen. Ich merkte bald, daß dieser Umstand meinen Auftrag erleichterte, und hielt es nur, seine Feinfühligkeit spürend, für ratsam, ihm zu verschweigen, daß das materielle Risiko einer allfälligen Niederlage zu Lasten von McConnors Kasse ginge. Nach längerem Zögern erklärte sich Dr. B. schließlich zu einem Match bereit, doch nicht ohne ausdrücklich gebeten zu haben, die anderen Herren nochmals zu warnen, sie möchten keineswegs auf sein Können übertriebene Hoffnungen setzen.

»Denn«, fügte er mit einem versonnenen Lächeln hinzu, »ich weiß wahrhaftig nicht, ob ich fähig bin, eine Schachpartie mit allen Regeln richtig zu spielen. Bitte glauben Sie mir, daß es keineswegs falsche Bescheidenheit war, wenn ich sagte, daß ich seit meiner Gymnasialzeit, also seit mehr als zwanzig Jahren, keine Schachfigur mehr berührt habe. Und selbst zu jener Zeit galt ich bloß als Spieler ohne sonderliche Begabung.«

Lorsque je transmis notre demande à Maître B., à savoir relever le défi de Czentovic, il fut visiblement ahuri. Il apparut qu'il ne s'était pas douté un seul instant qu'il eût glorieusement affronté un véritable champion du monde lors de cette partie. Pour une raison ou pour une autre, cette nouvelle sembla lui faire une forte impression, car il ne cessa de redemander si j'étais certain que son adversaire était effectivement un champion du monde renommé. Je compris bientôt que cette circonstance allait me faciliter la tâche et, devinant sa grande sensibilité, je jugeai judicieux de ne pas lui dire que le risque financier d'une éventuelle défaite serait couvert par la caisse de McConnor. Après une assez longue hésitation, Me B. se déclara prêt à se livrer à une nouvelle partie, non sans avoir toutefois explicitement demandé qu'on mît une nouvelle fois les autres messieurs en garde afin qu'ils ne placent pas des espoirs exagérés dans ses capacités.

« Car je ne sais vraiment pas, ajouta-t-il avec un sourire pensif, si je suis capable de jouer pour de bon une partie d'échecs respectant toutes les règles. Croyez-moi, je vous prie : je ne faisais pas preuve de fausse modestie lorsque je disais que depuis ma sortie du lycée, c'est-à-dire depuis plus de vingt ans, je n'ai pas touché une pièce d'échecs. Et même à cette époque, je passais juste pour un simple joueur sans talents particuliers. »

Er sagte dies in einer so natürlichen Weise, daß ich nicht den leisesten Zweifel an seiner Aufrichtigkeit hegen durfte. Dennoch konnte ich nicht umhin, meiner Verwunderung Ausdruck zu geben, wie genau er an jede einzelne Kombination der verschiedensten Meister sich erinnern könne; immerhin müsse er sich doch wenigstens theoretisch mit Schach viel beschäftigt haben. Dr. B. lächelte abermals in jener merkwürdigen traumhaften Art.

»Viel beschäftigt! – Weiß Gott, das kann man wohl sagen, daß ich mich mit Schach viel beschäftigt habe. Aber das geschah unter ganz besonderen, ja völlig einmaligen Umständen. Es war dies eine ziemlich komplizierte Geschichte, und sie könnte allenfalls als kleiner Beitrag gelten zu unserer lieblichen großen Zeit. Wenn Sie eine halbe Stunde Geduld haben… «

Er hatte auf den Deckchair neben sich gedeutet. Gerne folgte ich seiner Einladung. Wir waren ohne Nachbarn. Dr. B. nahm die Lesebrille von den Augen, legte sie zur Seite und begann:

»Sie waren so freundlich, zu äußern, daß Sie sich als Wiener des Namens meiner Familie erinnerten. Aber ich vermute, Sie werden kaum von der Rechtsanwaltskanzlei gehört haben, die ich gemeinsam mit meinem Vater und späterhin allein leitete, denn wir führten keine Causen, die publizistisch in der Zeitung abgehandelt wurden, und vermieden aus Prinzip neue Klienten.

Il le dit avec tant de naturel que je ne pus nourrir le moindre doute sur sa sincérité. Et pourtant je ne pus m'empêcher d'exprimer mon étonnement sur la précision avec laquelle il se rappelait chaque combinaison des maîtres les plus différents ; il devait tout de même, lui dis-je, avoir beaucoup travaillé sur les échecs, au moins sur la théorie. Me B dessina de nouveau sur ses lèvres ce sourire étrangement rêveur.

« Beaucoup travaillé ! Dieu sait que j'ai beaucoup travaillé sur les échecs. Mais cela s'est fait dans des circonstances tout à fait particulières, et même parfaitement exceptionnelles. C'est une histoire assez complexe, et elle pourrait tout au plus être considérée comme une petite contribution à notre suave et grande époque. Si vous avez une demi-heure à me consacrer... »

Il avait désigné le transat situé à côté de lui. Je répondis bien volontiers à son invitation. Nous n'avions pas de voisins. Me B. ôta ses lunettes de lecture, les mit de côté et commença :

« Vous avez eu l'amabilité de dire que vous vous rappeliez, en tant que Viennois, le nom de ma famille. Mais je suppose que vous n'aurez guère entendu parler du cabinet d'avocats que j'ai dirigé d'abord avec mon père, et plus tard tout seul, car nous ne défendions pas de ces causes dont on parlait beaucoup dans les journaux, et nous évitions par principe les nouveaux clients.

In Wirklichkeit hatten wir eigentlich gar keine richtige Anwaltspraxis mehr, sondern beschränkten uns ausschließlich auf die Rechtsberatung und vor allem Vermögensverwaltung der großen Klöster, denen mein Vater als früherer Abgeordneter der klerikalen Partei nahestand. Außerdem war uns – heute, da die Monarchie der Geschichte angehört, darf man wohl schon darüber sprechen – die Verwaltung der Fonds einiger Mitglieder der kaiserlichen Familie anvertraut. Diese Verbindung zum Hof und zum Klerus – mein Onkel war Leibarzt des Kaisers, ein anderer Abt in Seitenstetten – reichten schon zwei Generationen zurück; wir hatten sie nur zu erhalten, und es war eine stille, eine, möchte ich sagen, lautlose Tätigkeit, die uns durch dies ererbte Vertrauen zugeteilt war, eigentlich nicht viel mehr erfordernd als strengste Diskretion und Verläßlichkeit, zwei Eigenschaften, die mein verstorbener Vater im höchsten Maße besaß; ihm ist es tatsächlich gelungen, sowohl in den Inflationsjahren als in jenen des Umsturzes durch seine Umsicht seinen Klienten beträchtliche Vermögenswerte zu erhalten. Als dann Hitler in Deutschland ans Ruder kam und gegen den Besitz der Kirche und der Klöster seine Raubzüge begann, gingen auch von jenseits der Grenze mancherlei Verhandlungen und Transaktionen, um wenigstens den mobilen Besitz vor Beschlagnahme zu retten, durch unsere Hände,

En réalité, nous ne tenions plus un véritable cabinet d'avocats, nous nous cantonnions exclusivement à un travail de conseillers juridiques, et notamment de gestionnaires de biens pour les grands monastères, dont mon père, ancien député du parti clérical, était proche. Par ailleurs — on peut sans doute en parler maintenant que la monarchie relève de l'Histoire — on nous avait confié l'administration des fonds de quelques membres de la famille impériale. Ces liens avec la cour et le clergé — l'un de mes oncles était médecin personnel de l'empereur, un autre abbé à Seitenstetten — remontaient déjà à deux générations ; nous n'avions qu'à les entretenir, et c'était une activité paisible, je dirais même une activité silencieuse, que nous avait value cette confiance reçue en héritage et qui n'exigeait pas beaucoup plus que la discrétion et la fiabilité les plus strictes, deux qualités que feu mon père détenait au plus haut point ; il est effectivement parvenu à préserver, aussi bien au cours des années d'inflation qu'au cours de celles du coup d'État, des fortunes considérables pour le compte de ses clients. Ensuite, lorsque Hitler a pris les commandes en Allemagne et a commencé ses rapines contre les biens de l'Église et des monastères, toutes sortes de négociations et de transactions ont été menées, y compris de l'autre côté de la frontière, destinées à éviter au moins la confiscation des biens mobiliers, sont passées par notre intermédiaire,

und von gewissen geheimen politischen Verhandlungen der Kurie und des Kaiserhauses wußten wir beide mehr, als die Öffentlichkeit je erfahren wird. Aber gerade die Unauffälligkeit unserer Kanzlei – wir führten nicht einmal ein Schild an der Tür – sowie die Vorsicht, daß wir beide alle Monarchistenkreise ostentativ mieden, bot sichersten Schutz vor unberufenen Nachforschungen. De facto hat in all diesen Jahren keine Behörde in Österreich jemals vermutet, daß die geheimen Kuriere des Kaiserhauses ihre wichtigste Post immer gerade in unserer unscheinbaren Kanzlei im vierten Stock abholten oder abgaben.

Nun hatten die Nationalsozialisten, längst ehe sie ihre Armeen gegen die Welt aufrüsteten, eine andere ebenso gefährliche und geschulte Armee in allen Nachbarländern zu organisieren begonnen, die Legion der Benachteiligten, der Zurückgesetzten, der Gekränkten. In jedem Amt, in jedem Betrieb waren ihre sogenannten ›Zellen‹ eingenistet, in jeder Stelle bis hinauf in die Privatzimmer von Dollfuß und Schuschnigg saßen ihre Horchposten und Spione. Selbst in unserer unscheinbaren Kanzlei hatten sie, wie ich leider erst zu spät erfuhr, ihren Mann. Es war freilich nicht mehr als ein jämmerlicher und talentloser Kanzlist, den ich auf Empfehlung eines Pfarrers einzig deshalb angestellt hatte, um der Kanzlei nach außen hin den Anschein eines regulären Betriebes zu geben;

et nous en savions tous deux plus que l'opinion publique n'en apprendra jamais sur certains pourparlers menés par la curie et la maison impériale. Mais la discrétion de notre cabinet — nous n'avions pas même de plaque à notre porte — et la prudence qui nous faisait ostensiblement éviter, l'un comme l'autre, tous les milieux monarchistes, étaient précisément ce qui nous apportait la plus sûre protection contre des vérifications indésirables. De fait, pendant toutes ces années, aucune autorité en Allemagne n'a jamais soupçonné que les messagers secrets de la maison impériale déposaient ou emportaient leurs plis les plus importants dans notre cabinet si discret, au quatrième étage.

« Il se trouve que les nationaux-socialistes, bien avant de lever leurs armées pour affronter le monde, se mirent à organiser dans tous les pays voisins une autre force aussi dangereuse et aussi bien formée : la légion des défavorisés, des laissés-pour-compte et des aigris. Dans chaque administration, dans chaque entreprise étaient nichées leurs prétendues "cellules" ; partout, jusque dans les locaux privés de Dollfuss et Schuschnigg, ils avaient leurs postes d'observation et leurs espions. Même dans notre cabinet si discret, ils avaient leur homme, ce que j'appris hélas trop tard. Il est vrai qu'il n'était qu'un pitoyable clerc que j'avais employé, sur recommandation d'un curé, dans la seule intention de donner au cabinet l'apparence d'une entreprise banale ;

in Wirklichkeit verwendeten wir ihn zu nichts anderem als zu unschuldigen Botengängen, ließen ihn das Telephon bedienen und die Akten ordnen, das heißt jene Akten, die völlig gleichgültig und unbedenklich waren. Die Post durfte er niemals öffnen, alle wichtigen Briefe schrieb ich, ohne Kopien zu hinterlegen, eigenhändig mit der Maschine, jedes wesentliche Dokument nahm ich selbst nach Hause und verlegte geheime Besprechungen ausschließlich in die Priorei des Klosters oder in das Ordinationszimmer meines Onkels. Dank dieser Vorsichtsmaßnahmen bekam dieser Horchposten von den wesentlichen Vorgängen nichts zu sehen; aber durch einen unglücklichen Zufall mußte der ehrgeizige Bursche bemerkt haben, daß man ihm mißtraute und hinter seinem Rücken allerlei Interessantes geschah. Vielleicht hat einmal in meiner Abwesenheit einer der Kuriere unvorsichtigerweise von ›Seiner Majestät‹ gesprochen, statt, wie vereinbart, vom ›Baron Bern‹, oder der Lump mußte Briefe widerrechtlich geöffnet haben – jedenfalls holte er sich, ehe ich Verdacht schöpfen konnte, von München oder Berlin Auftrag, uns zu überwachen. Erst viel später, als ich längst in Haft saß, erinnerte ich mich, daß seine anfängliche Lässigkeit im Dienst sich in den letzten Monaten in plötzlichen Eifer verwandelt und er sich mehrfach beinahe zudringlich angeboten hatte,

en réalité, nous ne l'employions pour rien d'autre que des courses innocentes, nous le laissions répondre au téléphone et classer les dossiers, enfin, les dossiers qui étaient parfaitement anodins et ne prêtaient pas à conséquence. Il n'était jamais autorisé à ouvrir le courrier, c'est moi qui tapais personnellement à la machine toutes les lettres importantes, et sans laisser de copie ; j'emportais moi-même chaque document sensible à mon domicile et organisais les entretiens confidentiels exclusivement au prieuré du monastère ou dans le bureau de consultation de mon oncle. Ces précautions interdisaient à ce mouchard de voir quoi que ce soit des affaires essentielles ; mais un malheureux hasard avait dû faire remarquer à ce garçon orgueilleux et vaniteux qu'on se méfiait de lui et que toutes sortes de choses intéressantes se déroulaient à son insu. Peut-être l'un des messagers a-t-il un jour, en mon absence, imprudemment parlé de “Sa Majesté” et non, comme convenu, du “baron Bern”, à moins que cette crapule ait ouvert des lettres à notre insu — en tout cas, avant que j'aie pu nourrir des soupçons, il alla chercher à Munich ou à Berlin l'ordre de nous surveiller. Bien plus tard seulement, alors que j'étais détenu depuis très longtemps, je me suis rappelé qu'au cours des derniers mois la nonchalance dont il avait d'abord fait preuve dans son service s'était muée en une ardeur soudaine, et qu'il s'était proposé à plusieurs reprises, presque avec insistance,

meine Korrespondenz zur Post zu bringen. Ich kann mich von einer gewissen Unvorsichtigkeit also nicht freisprechen, aber sind schließlich nicht auch die größten Diplomaten und Militärs von der Hitlerei heimtückisch überspielt worden? Wie genau und liebevoll die Gestapo mir längst ihre Aufmerksamkeit zugewandt hatte, erwies dann äußerst handgreiflich der Umstand, daß noch am selben Abend, da Schuschnigg seine Abdankung bekanntgab, und einen Tag, ehe Hitler in Wien einzog, ich bereits von SS-Leuten festgenommen war. Es war mir glücklicherweise noch gelungen, die allerwichtigsten Papiere zu verbrennen, kaum ich die Abschiedsrede Schuschniggs gehört, und den Rest der Dokumente mit den unentbehrlichen Belegen für die im Ausland deponierten Vermögenswerte der Klöster und zweier Erzherzöge schickte ich – wirklich in der letzten Minute, ehe die Burschen mir die Tür einhämmerten – in einem Wäschekorb versteckt durch meine alte, verläßliche Haushälterin zu meinem Onkel hinüber.«

Dr. B. unterbrach, um sich eine Zigarre anzuzünden. Bei dem aufflackernden Licht bemerkte ich, daß ein nervöses Zucken um seinen rechten Mundwinkel lief, das mir schon vorher aufgefallen war und, wie ich beobachten konnte, sich jede paar Minuten wiederholte. Es war nur eine flüchtige Bewegung, kaum stärker als ein Hauch, aber sie gab dem ganzen Gesicht eine merkwürdige Unruhe.

pour déposer ma correspondance à la poste. Je ne peux donc pas nier avoir fait preuve d'une certaine imprudence, mais après tout même les plus grands diplomates et militaires ne se sont-ils pas laissé surprendre par la sournoiserie hitlérienne ? Je pus constater que la Gestapo m'avait depuis bien longtemps accordé une attention précise et aimable, je m'en aperçus même très concrètement au fait que le soir même où Schuschnigg annonçait sa démission, et la veille de l'entrée de Hitler à Vienne, j'étais déjà arrêté par des SS. J'étais fort heureusement parvenu à brûler les principaux papiers juste après avoir entendu à la radio le discours d'adieux de Schuschnigg ; quant au reste des documents, avec les justificatifs indispensables pour les valeurs mobilières, déposés à l'étranger, des monastères et de deux archiduchés, je les envoyai proprement à la dernière minute, cachés dans une corbeille à linge que ma vieille et fiable concierge alla apporter à mon oncle, de l'autre côté, juste avant que ces lascars n'enfoncent ma porte. »

Me B. s'interrompit pour allumer un cigare. À la lumière vacillante qui monta d'un coup vers son visage, je constatai qu'un tressaillement nerveux agitait la commissure droite de ses lèvres ; je l'avais déjà remarqué auparavant et je pus observer que ce tic se répétait régulièrement à quelques minutes d'intervalle. Ce n'était qu'un mouvement fugitif, à peine plus qu'un souffle, mais il imprimait à tout le visage une curieuse agitation.

»Sie vermuten nun wahrscheinlich, daß ich Ihnen jetzt vom Konzentrationslager erzählen werde, in das doch alle jene übergeführt wurden, die unserem alten Österreich die Treue gehalten, von den Erniedrigungen, Martern, Torturen, die ich dort erlitten. Aber nichts dergleichen geschah. Ich kam in eine andere Kategorie. Ich wurde nicht zu jenen Unglücklichen getrieben, an denen man mit körperlichen und seelischen Erniedrigungen ein lang aufgespartes Ressentiment austobte, sondern jener anderen, ganz kleinen Gruppe zugeteilt, aus der die Nationalsozialisten entweder Geld oder wichtige Informationen herauszupressen erhofften. An sich war meine bescheidene Person natürlich der Gestapo völlig uninteressant. Sie mußte aber erfahren haben, daß wir die Strohmänner, die Verwalter und Vertrauten ihrer erbittertsten Gegner gewesen, und was sie von mir zu erpressen hofften, war belastendes Material: Material gegen die Klöster, denen sie Vermögensschiebungen nachweisen wollten, Material gegen die kaiserliche Familie und all jene, die in Österreich sich aufopfernd für die Monarchie eingesetzt. Sie vermuteten – und wahrhaftig nicht zu Unrecht –, daß von jenen Fonds, die durch unsere Hände gegangen waren, wesentliche Bestände sich noch, ihrer Raublust unzugänglich, versteckten;

« Vous supposez probablement que je vais à présent vous parler du camp de concentration, dans lequel ont été conduits tous ceux qui sont restés fidèles à notre vieille Autriche, que je vais vous parler des humiliations, des martyres, des tortures que j'y ai subis. Mais il ne s'est rien passé de tel. Je n'ai pas été entassé avec ces malheureux sur lesquels on a défoulé, en leur faisant subir des outrages physiques et psychiques, un ressentiment longtemps accumulé ; j'ai été classé dans une tout autre catégorie, très peu nombreuse, celle des personnes auxquelles les nationaux-socialistes espéraient soutirer ou bien de l'argent, ou bien des informations importantes. En soi, ma modeste personne ne présentait bien entendu aucun intérêt pour la Gestapo. Mais ils avaient dû apprendre que nous étions les hommes de paille, les gestionnaires et les confidents de leurs adversaires les plus acharnés, et ce qu'ils espéraient m'extorquer était du matériau compromettant : des documents utilisables contre les monastères, dont ils voulaient prouver qu'ils avaient expatrié leurs biens, des papiers gênants pour la famille impériale et tous ceux qui, en Autriche, s'étaient sacrifiés en faveur de la monarchie. Ils supposaient — et ils ne se trompaient pas — que, de ces fonds qui étaient passés entre nos mains, une part importante se trouvait encore à l'abri de leurs appétits de prédateurs ;

sie holten mich darum gleich am ersten Tag heran, um mit ihren bewährten Methoden mir diese Geheimnisse abzuzwingen. Leute meiner Kategorie, aus denen wichtiges Material oder Geld herausgepreßt werden sollte, wurden deshalb nicht in Konzentrationslager abgeschoben, sondern für eine besondere Behandlung aufgespart. Sie erinnern sich vielleicht, daß unser Kanzler und anderseits der Baron Rothschild, dessen Verwandten sie Millionen abzunötigen hofften, keineswegs hinter Stacheldraht in ein Gefangenenlager gesetzt wurden, sondern unter scheinbarer Bevorzugung in ein Hotel, das Hotel Metropole, das zugleich Hauptquartier der Gestapo war, übergeführt, wo jeder ein abgesondertes Zimmer erhielt. Auch mir unscheinbarem Mann wurde diese Auszeichnung erwiesen.

Ein eigenes Zimmer in einem Hotel – nicht wahr, das klingt an sich äußerst human? Aber Sie dürfen mir glauben, daß man uns keineswegs eine humanere, sondern nur eine raffiniertere Methode zudachte, wenn man uns ›Prominente‹ nicht zu zwanzig in eine eiskalte Baracke stopfte, sondern in einem leidlich geheizten und separaten Hotelzimmer behauste. Denn die Pression, mit der man uns das benötigte ›Material‹ abzwingen wollte, sollte auf subtilere Weise funktionieren als durch rohe Prügel oder körperliche Folterung: durch die denkbar raffinierteste Isolierung.

ils vinrent donc me chercher dès le premier jour pour m'arracher ces secrets avec les méthodes qui avaient fait leurs preuves. Les gens de ma catégorie, auxquels on devait soutirer des documents ou des fonds importants, n'étaient par conséquent pas envoyés en camp de concentration, mais mis à part en vue d'un traitement particulier. Vous vous le rappelez peut-être : ni notre chancelier, ni le baron Rothschild, dont ils espéraient forcer la famille à verser des millions, n'avaient été relégués derrière des barbelés dans un camp de prisonniers. Ils avaient bénéficié de ce qui ressemblait à un traitement de faveur dans un hôtel, le Métropole, qui était en même temps le quartier général de la Gestapo, et où on leur attribua, à l'un comme à l'autre, une chambre particulière. À moi aussi, homme insignifiant, on m'accorda cette distinction.

« Une chambre personnelle dans un hôtel — voilà qui paraît d'une extrême humanité, n'est-ce pas ? Mais croyez-moi, loin d'être plus humaine, c'est une méthode plus subtile que l'on nous réservait, à nous, les "personnalités", en ne nous entassant pas dans une baraque glaciale, mais en nous logeant dans une chambre d'hôtel individuelle et à peu près chauffée. Car la pression grâce à laquelle on comptait nous arracher le "matériau" requis devait s'exercer avec plus de subtilité qu'en nous passant à tabac ou en nous faisant subir la torture physique : il s'agissait de nous soumettre à l'isolement le plus raffiné possible.

Man tat uns nichts – man stellte uns nur in das vollkommene Nichts, denn bekanntlich erzeugt kein Ding auf Erden einen solchen Druck auf die menschliche Seele wie das Nichts. Indem man uns jeden einzeln in ein völliges Vakuum sperrte, in ein Zimmer, das hermetisch von der Außenwelt abgeschlossen war, sollte, statt von außen durch Prügel und Kälte, jener Druck von innen erzeugt werden, der uns schließlich die Lippen aufsprengte. Auf den ersten Blick sah das mir angewiesene Zimmer durchaus nicht unbehaglich aus. Es hatte eine Tür, ein Bett, einen Sessel, eine Waschschüssel, ein vergittertes Fenster. Aber die Tür blieb Tag und Nacht verschlossen, auf dem Tisch durfte kein Buch, keine Zeitung, kein Blatt Papier, kein Bleistift liegen, das Fenster starrte eine Feuermauer an; rings um mein Ich und selbst an meinem eigenen Körper war das vollkommene Nichts konstruiert. Man hatte mir jeden Gegenstand abgenommen, die Uhr, damit ich nicht wisse um die Zeit, den Bleistift, daß ich nicht etwa schreiben könne, das Messer, damit ich mir nicht die Adern öffnen könne; selbst die kleinste Betäubung wie eine Zigarette wurde mir versagt. Nie sah ich außer dem Wärter, der kein Wort sprechen und auf keine Frage antworten durfte, ein menschliches Gesicht, nie hörte ich eine menschliche Stimme; Auge, Ohr, alle Sinne bekamen von morgens bis nachts und von nachts bis morgens nicht die geringste Nahrung, man blieb

On ne nous faisait rien, on se contentait de nous placer dans le néant absolu car, on le sait, rien au monde ne produit sur l'âme humaine une aussi forte pression que le néant. En enfermant chacun de nous isolément dans un vide complet, dans une chambre hermétiquement coupée du monde, on voulait produire, non pas de l'extérieur, par les coups et le froid, mais de l'intérieur, cette pression qui finirait par nous faire ouvrir les lèvres. Au premier regard, la chambre qui m'avait été assignée ne me parut pas du tout désagréable. Elle était pourvue d'un lit, d'un fauteuil, d'un lavabo, d'une fenêtre grillagée. Mais la porte était fermée à clef jour et nuit, aucun livre, aucun journal, aucune feuille de papier, aucun crayon ne devait se trouver sur la table, et la fenêtre donnait sur un mur coupe-feu; on avait construit tout autour de mon esprit, et même de mon corps, le néant parfait. On m'avait confisqué tout objet : ma montre, pour que je ne sache pas l'heure, mon crayon, pour m'empêcher d'écrire, mon couteau, pour que je ne puisse pas m'ouvrir les veines; même cette minuscule source d'ivresse qu'était la cigarette m'était interdite. Hormis celui du gardien, qui n'était pas autorisé à prononcer le moindre mot ni à répondre à aucune question, je ne voyais jamais un visage humain, et je n'entendais jamais une voix humaine; du matin au soir, mes yeux, mes oreilles, tous mes sens ne recevaient pas la moindre nourriture, on restait

mit sich, mit seinem Körper und den vier oder fünf stummen Gegenständen Tisch, Bett, Fenster, Waschschüssel rettungslos allein; man lebte wie ein Taucher unter der Glasglocke im schwarzen Ozean dieses Schweigens und wie ein Taucher sogar, der schon ahnt, daß das Seil nach der Außenwelt abgerissen ist und er nie zurückgeholt werden wird aus der lautlosen Tiefe. Es gab nichts zu tun, nichts zu hören, nichts zu sehen, überall und ununterbrochen war um einen das Nichts, die völlig raumlose und zeitlose Leere. Man ging auf und ab, auf und ab, immer wieder. Aber selbst Gedanken, so substanzlos sie scheinen, brauchen einen Stützpunkt, sonst beginnen sie zu rotieren und sinnlos um sich selbst zu kreisen; auch sie ertragen nicht das Nichts. Man wartete auf etwas, von morgens bis abends, und es geschah nichts. Man wartete wieder und wieder. Es geschah nichts. Man wartete, wartete, wartete, man dachte, dachte, man dachte, bis einem die Schläfen schmerzten. Nichts geschah. Man blieb allein. Allein. Allein.

Das dauerte vierzehn Tage, die ich außerhalb der Zeit, außerhalb der Welt lebte. Wäre damals ein Krieg ausgebrochen, ich hätte es nicht erfahren; meine Welt bestand doch nur aus Tisch, Tür, Bett, Waschschüssel, Sessel, Fenster und Wand,

désespérément seul avec soi-même, son corps et les quatre ou cinq objets muets autour de soi, la table, le lit, la fenêtre, le lavabo ; on vivait comme un plongeur sous sa cloche de verre, dans l'océan noir de ce silence — et, qui plus est, comme un plongeur qui pressent déjà que la corde menant au monde extérieur s'est rompue et qu'on ne le remontera plus jamais de cette profondeur silencieuse. Il n'y avait rien à faire, rien à entendre, rien à voir, vous étiez entouré, partout et sans interruption, par le néant, un vide où l'espace et le temps avaient totalement disparu. Vous faisiez les cent pas, et avec vous c'étaient vos réflexions qui allaient et venaient dans un mouvement incessant. Cependant, même les pensées, si peu substantielles qu'elles paraissent, ont besoin d'un point d'appui, sans quoi elles se mettent en rotation, elles commencent à tourner de manière absurde sur elles-mêmes. Elles non plus ne supportent pas le néant. On attendait quelque chose, du matin au soir, et rien ne se passait. On attendait de nouveau et encore. Rien n'arrivait. On attendait, attendait, attendait, on réfléchissait, réfléchissait, réfléchissait à en avoir mal aux tempes. Et il n'arrivait rien. On restait seul. Seul. Seul.

« Cela dura quinze jours, que je passai en dehors du temps, en dehors du monde. Si une guerre avait éclaté à l'époque, je ne l'aurais pas su ; mon univers n'était qu'une table, une porte, un lit, un lavabo, un fauteuil, une fenêtre et un mur,

und immer starrte ich auf dieselbe Tapete an derselben Wand; jede Linie ihres gezackten Musters hat sich wie mit ehernem Stichel eingegraben bis in die innerste Falte meines Gehirns, so oft habe ich sie angestarrt. Dann endlich begannen die Verhöre. Man wurde plötzlich abgerufen, ohne recht zu wissen, ob es Tag war oder Nacht. Man wurde gerufen und durch ein paar Gänge geführt, man wußte nicht wohin; dann wartete man irgendwo und wußte nicht wo und stand plötzlich vor einem Tisch, um den ein paar uniformierte Leute saßen. Auf dem Tisch lag ein Stoß Papier: die Akten, von denen man nicht wußte, was sie enthielten, und dann begannen die Fragen, die echten und die falschen, die klaren und die tückischen, die Deckfragen und Fangfragen, und während man antwortete, blätterten fremde, böse Finger in den Papieren, von denen man nicht wußte, was sie enthielten, und fremde, böse Finger schrieben etwas in ein Protokoll, und man wußte nicht, was sie schrieben. Aber das Fürchterlichste bei diesen Verhören für mich war, daß ich nie erraten und errechnen konnte, was die Gestapoleute von den Vorgängen in meiner Kanzlei tatsächlich wußten und was sie erst aus mir herausholen wollten. Wie ich Ihnen bereits sagte, hatte ich die eigentlich belastenden Papiere meinem Onkel in letzter Sekunde durch die Haushälterin geschickt.

et des murs couverts d'un papier peint que je ne cessais de regarder fixement; chaque ligne de son motif crénelé s'est enfoncée comme à la pointe d'airain jusque dans le plus profond repli de mon cerveau, tant je l'ai fixé des yeux. Alors, enfin, les interrogatoires ont commencé. Vous étiez convoqué, tout d'un coup, sans bien savoir vraiment si l'on était en pleine journée ou en pleine nuit. On vous appelait, on vous guidait par des couloirs dont vous ne saviez pas où ils allaient. Puis vous attendiez quelque part, vous ne saviez pas où, et vous vous retrouviez devant une table autour de laquelle étaient assis quelques hommes en uniforme. Sur la table, une pile de papiers : les dossiers dont vous ne saviez pas ce qu'ils contenaient. Puis les questions commençaient, les vraies et les fausses, les limpides et les perfides, les questions en faux-semblant et les questions pièges, et tandis que vous y répondiez de méchants doigts inconnus fouillaient les papiers dont vous ignoriez ce qu'ils contenaient, et de méchants doigts étrangers rédigeaient le procès-verbal sans que vous sachiez ce qu'ils écrivaient. Mais le plus épouvantable, pour moi, dans ces interrogatoires, était que je n'ai jamais pu deviner ni calculer ce que les hommes de la Gestapo savaient réellement de ce qui se passait dans mon cabinet, et ce qu'ils voulaient m'extirper en plus. Comme je vous l'ai déjà dit, j'avais en réalité chargé la gouvernante, à la dernière minute, d'expédier les documents à mon oncle.

Aber hatte er sie erhalten? Hatte er sie nicht erhalten? Und wieviel hatte jener Kanzlist verraten? Wieviel hatten sie an Briefen aufgefangen, wieviel inzwischen in den deutschen Klöstern, die wir vertraten, einem ungeschickten Geistlichen vielleicht schon abgepreßt? Und sie fragten und fragten. Welche Papiere ich für jenes Kloster gekauft, mit welchen Banken ich korrespondiert, ob ich einen Herrn Soundso kenne oder nicht, ob ich Briefe aus der Schweiz erhalten und aus Steenookerzeel? Und da ich nie errechnen konnte, wieviel sie schon ausgekundschaftet hatten, wurde jede Antwort zur ungeheuersten Verantwortung. Gab ich etwas zu, was ihnen nicht bekannt war, so lieferte ich vielleicht unnötig jemanden ans Messer. Leugnete ich zuviel ab, schädigte ich mich selbst.

Aber das Verhör war noch nicht das Schlimmste. Das Schlimmste war das Zurückkommen nach dem Verhör in mein Nichts, in dasselbe Zimmer mit demselben Tisch, demselben Bett, derselben Waschschüssel, derselben Tapete. Denn kaum allein mit mir, versuchte ich zu rekonstruieren, was ich am klügsten hätte antworten sollen und was ich das nächste Mal sagen müßte, um den Verdacht wieder abzulenken, den ich vielleicht mit einer unbedachten Bemerkung heraufbeschworen. Ich überlegte, ich durchdachte, durchforschte, ich überprüfte meine eigene Aussage auf jedes Wort, das ich dem Untersuchungsrichter gesagt, ich rekapitulierte jede Frage, die sie gestellt,

Mais les avait-il reçus? Et jusqu'où avaient été les indiscrétions de ce clerc? Combien de lettres avaient-ils interceptées, quels renseignements avaient-ils peut-être déjà extorqués à un religieux malhabile dans l'un des monastères allemands que nous représentions? Ils n'arrêtaient pas de poser des questions. Quels titres j'avais achetés pour quel monastère, avec quelles banques j'étais en contact, si je connaissais ou non M. Untel, si j'avais reçu des lettres de Suisse et de Steenokkerzeel. Et comme j'étais incapable de deviner combien ils en savaient déjà, chaque réponse faisait peser sur mes épaules une responsabilité monstrueuse. Si j'admettais quelque chose qui ne leur était pas connu, je livrais peut-être inutilement quelqu'un à la lame du couteau. Si j'en niais trop, je me nuisais à moi-même.

« Mais l'interrogatoire n'était pas le pire. Le pire, c'était d'en revenir, de revenir dans mon néant, dans la même chambre avec la même table, le même lit, le même lavabo, les mêmes papiers peints. Car à peine seul avec moi-même, je tentais de trouver des réponses plus intelligentes que celles que j'avais données, et ce que je devrais dire la fois suivante pour éloigner le soupçon que j'avais peut-être pu faire naître par une remarque irréfléchie. Je repassais chaque mot prononcé devant le juge d'instruction au cours de ma déposition, j'y réfléchissais, je l'examinais, je le vérifiais; je récapitulais chaque question qu'ils avaient posée,

jede Antwort, die ich gegeben, ich versuchte zu erwägen, was sie davon protokolliert haben könnten, und wußte doch, daß ich das nie errechnen und erfahren könnte. Aber diese Gedanken, einmal angekurbelt im leeren Raum, hörten nicht auf, im Kopf zu rotieren, immer wieder von neuem, in immer anderen Kombinationen, und das ging hinein bis in den Schlaf; jedesmal nach einer Vernehmung durch die Gestapo übernahmen ebenso unerbittlich meine eigenen Gedanken die Marter des Fragens und Forschens und Quälens, und vielleicht noch grausamer sogar, denn jene Vernehmungen endeten doch immerhin nach einer Stunde, und diese nie, dank der tückischen Tortur dieser Einsamkeit. Und immer um mich nur der Tisch, der Schrank, das Bett, die Tapete, das Fenster, keine Ablenkung, kein Buch, keine Zeitung, kein fremdes Gesicht, kein Bleistift, um etwas zu notieren, kein Zündholz, um damit zu spielen, nichts, nichts, nichts. Jetzt erst gewahrte ich, wie teuflisch sinnvoll, wie psychologisch mörderisch erdacht dieses System des Hotelzimmers war. Im Konzentrationslager hätte man vielleicht Steine karren müssen, bis einem die Hände bluteten und die Füße in den Schuhen abfroren, man wäre zusammengepackt gelegen mit zwei Dutzend Menschen in Stank und Kälte. Aber man hätte Gesichter gesehen, man hätte ein Feld, einen Karren, einen Baum, einen Stern,

chaque réponse que j'avais donnée, je tentais d'évaluer ce qu'ils avaient pu en tirer dans le procès-verbal, et je savais tout de même que je ne pourrais jamais ni le deviner ni le savoir. Mais une fois lancées dans l'espace vide, ces réflexions n'arrêtaient pas de me tourner dans la tête, dans des combinaisons toujours différentes, et cela jusque dans mon sommeil. Après chaque interrogatoire de la Gestapo, mes propres réflexions poursuivaient implacablement le martyre du questionnement, des recherches et des tourments, et peut-être même plus cruellement encore, car ces interrogatoires-ci s'arrêtaient au bout d'une heure, alors que la solitude, cette torture sournoise, rendait ceux-là interminables. Et, autour de moi, il n'y avait jamais que la table, l'armoire, le lit, le papier peint, la fenêtre, aucune distraction, aucun livre, aucun journal, pas le moindre visage étranger, pas un crayon pour noter quelque chose, pas une allumette pour jouer avec, rien, rien, rien. Alors seulement je compris l'efficacité diabolique de ce système de chambre d'hôtel : c'était un assassinat psychologique. En camp de concentration, vous auriez peut-être dû charrier des pierres jusqu'à avoir les mains en sang et les pieds gelés dans vos chaussures, vous auriez été entassés avec deux douzaines de personnes, dans la puanteur et le froid. Mais vous auriez vu des visages, vous auriez pu regarder un champ, une charrette, un arbre, une étoile,

irgend, irgend etwas anstarren können, indes hier immer dasselbe um einen stand, immer dasselbe, das entsetzliche Dasselbe. Hier war nichts, was mich ablenken konnte von meinen Gedanken, von meinen Wahnvorstellungen, von meinem krankhaften Rekapitulieren. Und gerade das beabsichtigten sie – ich sollte doch würgen und würgen an meinen Gedanken, bis sie mich erstickten und ich nicht anders konnte, als sie schließlich ausspeien, als auszusagen, alles auszusagen, was sie wollten, endlich das Material und die Menschen auszuliefern. Allmählich spürte ich, wie meine Nerven unter diesem gräßlichen Druck des Nichts sich zu lockern begannen, und ich spannte, der Gefahr bewußt, bis zum Zerreißen meine Nerven, irgendeine Ablenkung zu finden oder zu erfinden. Um mich zu beschäftigen, versuchte ich alles, was ich jemals auswendig gelernt, zu rezitieren und zu rekonstruieren, die Volkshymne und die Spielreime der Kinderzeit, den Humor des Gymnasiums, die Paragraphen des Bürgerlichen Gesetzbuches. Dann versuchte ich zu rechnen, beliebige Zahlen zu addieren, zu dividieren, aber mein Gedächtnis hatte im Leeren keine festhaltende Kraft. Ich konnte mich auf nichts konzentrieren. Immer fuhr und flackerte derselbe Gedanke dazwischen: Was wissen sie? Was habe ich gestern gesagt, was muß ich das nächste Mal sagen?

Dieser eigentlich unbeschreibbare Zustand dauerte vier Monate.

n'importe quoi ; alors qu'ici tout ce qui vous entourait était identique, toujours identique, effroyablement identique. Il n'y avait rien ici qui pût me distraire de mes pensées, de mes délires, de ma manie de la récapitulation. Et c'est précisément cela qu'ils avaient en tête : je devais mâcher et remâcher encore mes pensées jusqu'à ce qu'elles m'étouffent et que je ne puisse rien faire d'autre, au bout du compte, que les recracher, parler, dire tout ce qu'ils voulaient, livrer enfin les documents aussi bien que les gens. Peu à peu, je sentis que mes nerfs commençaient à se relâcher sous cette épouvantable pression du néant, et conscient du péril je bandais mes nerfs à les en déchirer pour trouver ou inventer une quelconque distraction. Pour m'occuper, je tentais de réciter et de reconstituer tout ce que j'avais pu apprendre par cœur dans mon existence, l'hymne national et les comptines de mon enfance, l'humour du lycée, les articles du code civil. Puis je tentai de compter, d'additionner, de diviser n'importe quels chiffres, mais ma mémoire n'avait pas l'énergie nécessaire pour s'accrocher au vide. Je ne pouvais me concentrer sur rien. La même pensée ne cessait de revenir, insidieuse : que savent-ils ? Qu'ai-je dit hier, que dois-je dire la prochaine fois ?

« Cette situation en vérité indescriptible dura quatre mois.

Nun – vier Monate, das schreibt sich leicht hin: nicht mehr als ein Buchstabe! Das spricht sich leicht aus: vier Monate – vier Silben. In einer Viertelstunde hat die Lippe rasch so einen Laut artikuliert: vier Monate! Aber niemand kann schildern, kann messen, kann veranschaulichen, nicht einem andern, nicht sich selbst, wie lange eine Zeit im Raumlosen, im Zeitlosen währt, und keinem kann man erklären, wie es einen zerfrißt und zerstört, dieses Nichts und Nichts und Nichts um einen, dies immer nur Tisch und Bett und Waschschüssel und Tapete, und immer das Schweigen, immer derselbe Wärter, der, ohne einen anzusehen, das Essen hereinschiebt, immer dieselben Gedanken, die im Nichts um das eine kreisen, bis man irre wird. An kleinen Zeichen wurde ich beunruhigt gewahr, daß mein Gehirn in Unordnung geriet. Im Anfang war ich bei den Vernehmungen noch innerlich klar gewesen, ich hatte ruhig und überlegt ausgesagt; jenes Doppeldenken, was ich sagen sollte und was nicht, hatte noch funktioniert. Jetzt konnte ich schon die einfachsten Sätze nur mehr stammelnd artikulieren, denn während ich aussagte, starrte ich hypnotisiert auf die Feder, die protokollierend über das Papier lief, als wollte ich meinen eigenen Worten nachlaufen. Ich spürte, meine Kraft ließ nach, ich spürte, immer näher rückte der Augenblick, in dem ich, um mich zu retten,

Quatre mois, c'est facile à écrire : tout juste une dizaine de lettres ! Et cela se prononce facilement : quatre mois, trois syllabes. Un quart de seconde suffit aux lèvres pour émettre un son comme celui-là : quatre mois ! Mais nul ne peut décrire, nul ne peut mesurer, nul ne peut se figurer ni faire comprendre à autrui quelle est la durée d'une période passée sans espace et sans temps, on ne peut expliquer à personne comment cela vous ronge et vous détruit, ce rien, rien et rien autour de vous, cette présence unique et constante de la table, du lit, du lavabo, de la tapisserie, et toujours le silence, toujours le même gardien qui, sans vous regarder, vous fait glisser votre repas, toujours les mêmes pensées qui tournent dans le néant autour de la même chose, jusqu'à ce que vous deveniez fou. À de petits signes, je pris conscience avec inquiétude que mon cerveau ne fonctionnait plus normalement. Au début, pendant les interrogatoires, j'avais encore l'esprit clair, j'avais fait une déposition calme et réfléchie ; ce système de double pensée qui m'indiquait ce que je devais dire et ne pas dire remplissait encore son rôle à l'époque. Mais désormais je ne parvenais plus qu'à bredouiller jusqu'aux phrases les plus simples, car tandis que je faisais ma déposition je regardais, comme hypnotisé, la plume qui courait sur le papier du procès-verbal comme si je voulais rattraper mes propres mots. Je sentais mes forces décliner, je sentais s'approcher l'instant où, pour me sauver,

alles sagen würde, was ich wußte und vielleicht noch mehr, von dem ich, um dem Würgen dieses Nichts zu entkommen, zwölf Menschen und ihre Geheimnisse verraten würde, ohne mir selbst damit mehr zu schaffen als einen Atemzug Rast. An einem Abend war es wirklich schon so weit: als der Wärter zufällig in diesem Augenblick des Erstickens mir das Essen brachte, schrie ich ihm plötzlich nach: ›Führen Sie mich zur Vernehmung! Ich will alles sagen! Ich will alles aussagen! Ich will sagen, wo die Papiere sind, wo das Geld liegt! Alles werde ich sagen, alles!‹ Glücklicherweise hörte er mich nicht mehr. Vielleicht wollte er mich auch nicht hören.

In dieser äußersten Not ereignete sich nun etwas Unvorhergesehenes, was Rettung bot, Rettung zum mindesten für eine gewisse Zeit. Es war Ende Juli, ein dunkler, verhangener, regnerischer Tag: ich erinnere mich an diese Einzelheit deshalb ganz genau, weil der Regen gegen die Scheiben im Gang trommelte, durch den ich zur Vernehmung geführt wurde. Im Vorzimmer des Untersuchungsrichters mußte ich warten. Immer mußte man bei jeder Vorführung warten: auch dieses Wartenlassen gehörte zur Technik. Erst riß man einem die Nerven auf durch den Anruf, durch das plötzliche Abholen aus der Zelle mitten in der Nacht, und dann, wenn man schon eingestellt auf die Vernehmung, schon Verstand und Willen gespannt hatte zum Widerstand, ließen sie einen warten,

je dirais tout ce que je savais et peut-être même encore plus, l'instant où, pour échapper à ce néant qui m'étranglait, je trahirais douze personnes et leurs secrets sans me procurer à moi-même plus qu'un instant de répit. Et un soir, effectivement, j'en fus à ce point : le hasard voulut que le gardien m'apportât mon repas à un moment où j'étouffais ainsi, et je lui criai tandis qu'il s'éloignait : "Conduisez-moi à l'interrogatoire ! Je veux tout dire ! Je veux faire une déposition complète ! Je veux dire où sont les papiers, où est l'argent ! Je dirai tout, tout !" Fort heureusement, il ne pouvait plus m'entendre. Peut-être ne le voulut-il pas non plus.

« J'étais dans cette extrême détresse lorsque survint un événement imprévu qui m'apporta un salut au moins provisoire. C'était à la fin juillet, par une sombre journée nuageuse et pluvieuse : si je me rappelle très précisément ce détail, c'est que la pluie tambourinait contre les vitres du couloir par lequel on m'emmenait à l'interrogatoire. Je dus attendre dans l'antichambre du juge d'instruction. Je devais attendre avant chaque audience ; et cette période d'attente faisait elle aussi partie de la technique. On commençait par vous mettre les nerfs à vif en vous sortant tout d'un coup de votre cellule au beau milieu de la nuit, puis, lorsque vous vous étiez déjà préparé à l'interrogatoire, lorsque vous aviez déjà tendu votre raison et votre volonté pour les entraîner à résister, ils vous faisaient attendre,

sinnlos, sinnlos warten, eine Stunde, zwei Stunden, drei Stunden vor der Vernehmung, um den Körper müde und die Seele mürbe zu machen. Und man ließ mich besonders lange warten an diesem Donnerstag, dem 27. Juli, zwei geschlagene Stunden im Vorzimmer stehend warten; ich erinnere mich auch an dieses Datum aus einem bestimmten Grunde so genau, denn in diesem Vorzimmer, wo ich – selbstverständlich, ohne mich niedersetzen zu dürfen – zwei Stunden mir die Beine in den Leib stehen mußte, hing ein Kalender, und ich vermag Ihnen nicht zu erklären, wie in einem Hunger nach Gedrucktem, nach Geschriebenem ich diese eine Zahl, diese wenigen Worte ›27. Juli‹ an der Wand anstarrte und anstarrte; ich fraß sie gleichsam in mein Gehirn hinein. Und dann wartete ich wieder und wartete und starrte auf die Tür, wann sie sich endlich öffnen würde, und überlegte zugleich, was die Inquisitoren mich diesmal fragen könnten, und wußte doch, daß sie mich etwas ganz anderes fragen würden, als worauf ich mich vorbereitete. Aber trotz alledem war die Qual dieses Wartens und Stehens zugleich eine Wohltat, eine Lust, weil dieser Raum immerhin ein anderes Zimmer war als das meine, etwas größer und mit zwei Fenstern statt einem, und ohne das Bett und ohne die Waschschüssel und ohne den bestimmten Riß am Fensterbrett, den ich millionenmal betrachtet. Die Tür war anders gestrichen,

une attente absurde et vide de sens, une heure, deux heures, trois heures avant l'interrogatoire, pour vous éreinter le corps et l'âme. Et l'on me laissa attendre particulièrement longtemps ce jeudi 27 juillet, je passai plus de deux heures pleines dans l'antichambre. Si je me rappelle cette date très précisément, c'est aussi pour une raison bien précise : dans ce vestibule où il me fallut rester deux heures sans pouvoir m'asseoir, bien entendu, et où je sentais mes jambes se dérober peu à peu, était accroché un calendrier. Je suis incapable de vous expliquer à quel point mon appétit de choses imprimées et écrites me fit regarder, fixement, sans arrêt, ces quelques lettres inscrites sur le mur, "27 juillet" ; je les gravai pratiquement dans mon cerveau. Puis j'attendis et attendis encore, les yeux rivés sur la porte, à me demander quand elle s'ouvrirait enfin, mais aussi quelles questions les inquisiteurs pourraient bien me poser cette fois, tout en sachant qu'elles n'auraient rien à voir avec celles auxquelles je me préparais. Et malgré tout, la torture que m'infligeaient cette attente et cette station debout était simultanément un bienfait et un plaisir, parce que cette pièce était quand même différente de celle dans laquelle je logeais, elle était un peu plus grande, avec deux fenêtres au lieu d'une, dépourvue du lit, de lavabo et de cette fissure près du rebord de la fenêtre, que j'avais observée des millions de fois. La porte était peinte d'une autre couleur,

ein anderer Sessel stand an der Wand und links ein Registerschrank mit Akten sowie eine Garderobe mit Aufhängern, an denen drei oder vier nasse Militärmäntel, die Mäntel meiner Folterknechte, hingen. Ich hatte also etwas Neues, etwas anderes zu betrachten, endlich einmal etwas anderes mit meinen ausgehungerten Augen, und sie krallten sich gierig an jede Einzelheit. Ich beobachtete an diesen Mänteln jede Falte, ich bemerkte zum Beispiel einen Tropfen, der von einem der nassen Kragen niederhing, und so lächerlich es für Sie klingen mag, ich wartete mit einer unsinnigen Erregung, ob dieser Tropfen endlich abrinnen wollte, die Falte entlang, oder ob er noch gegen die Schwerkraft sich wehren und länger haften bleiben würde – ja, ich starrte und starrte minutenlang atemlos auf diesen Tropfen, als hinge mein Leben daran. Dann, als er endlich niedergerollt war, zählte ich wieder die Knöpfe auf den Mänteln nach, acht an dem einen Rock, acht an dem anderen, zehn an dem dritten, dann wieder verglich ich die Aufschläge; alle diese lächerlichen, unwichtigen Kleinigkeiten betasteten, umspielten, umgriffen meine verhungernden Augen mit einer Gier, die ich nicht zu beschreiben vermag. Und plötzlich blieb mein Blick starr an etwas haften. Ich hatte entdeckt, daß an einem der Mäntel die Seitentasche etwas aufgebauscht war. Ich trat näher heran und glaubte an der rechteckigen Form der Ausbuchtung zu erkennen, was diese etwas geschwellte Tasche in sich barg:

un autre siège était calé contre le mur, on voyait à gauche une armoire à registres pleine de dossiers et un vestiaire pourvu de cintres où l'on avait accroché trois ou quatre manteaux militaires trempés, ceux de mes bourreaux. J'avais donc quelque chose de neuf et de différent à contempler, enfin, une autre pitance pour mes yeux affamés qui s'accrochaient avidement à chaque détail. J'examinai le moindre pli de ces manteaux, je remarquai par exemple une goutte qui descendait de l'un des cols mouillés et, aussi ridicule que cela puisse vous paraître, j'attendais avec une excitation absurde de voir si cette goutte se déciderait enfin à descendre le long du pli ou si elle se défendrait encore contre la pesanteur et resterait accrochée plus longtemps — oui, je passai de longues minutes à regarder ces gouttes, le souffle court, comme si ma vie en dépendait. Puis, lorsqu'elle eut enfin roulé vers le bas, je recomptai les boutons sur les manteaux, huit sur l'un, huit sur l'autre, dix sur le troisième, puis comparai de nouveau les revers ; tous ces petits détails grotesques et sans importance, mes yeux affamés les palpaient, les retournaient, les attrapaient avec une avidité que je suis incapable de décrire. Et d'un seul coup, mon regard s'immobilisa sur quelque chose. J'avais découvert que la poche latérale de l'un des manteaux était un peu gonflée. Je m'approchai et crus discerner, à la forme rectangulaire de l'échancrure, ce que dissimulait cette poche bosselée :

ein Buch! Mir begannen die Knie zu zittern: ein BUCH! Vier Monate lang hatte ich kein Buch in der Hand gehabt, und schon die bloße Vorstellung eines Buches, in dem man aneinandergereihte Worte sehen konnte, Zeilen, Seiten und Blätter, eines Buches, aus dem man andere, neue, fremde ablenkende Gedanken lesen, verfolgen, sich ins Hirn nehmen könnte, hatte etwas Berauschendes und gleichzeitig Betäubendes. Hypnotisiert starrten meine Augen auf die kleine Wölbung, die jenes Buch innerhalb der Tasche formte, sie glühten diese eine unscheinbare Stelle an, als ob sie ein Loch in den Mantel brennen wollten. Schließlich konnte ich meine Gier nicht verhalten; unwillkürlich schob ich mich näher heran. Schon der Gedanke, ein Buch durch den Stoff mit den Händen wenigstens antasten zu können, machte mir die Nerven in den Fingern bis zu den Nägeln glühen. Fast ohne es zu wissen, drückte ich mich immer näher heran. Glücklicherweise achtete der Wärter nicht auf mein gewiß sonderbares Gehaben; vielleicht auch schien es ihm natürlich, daß ein Mensch nach zwei Stunden aufrechten Stehens sich ein wenig an die Wand lehnen wollte. Schließlich stand ich schon ganz nahe bei dem Mantel, und mit Absicht hatte ich die Hände hinter mich auf den Rücken gelegt, damit sie unauffällig den Mantel berühren könnten. Ich tastete den Stoff an und fühlte tatsächlich durch den Stoff etwas Rechteckiges, etwas, das biegsam war und leise knisterte – ein Buch! Ein Buch!

un livre ! Mes genoux se mirent à trembler : un LIVRE ! Quatre mois durant, je n'en avais pas eu un seul entre les mains, et la seule idée d'un livre dans lequel on pût voir des mots alignés, des lignes, des pages et des feuilles, d'un livre dans lequel on pourrait lire, suivre, absorber mentalement des réflexions différentes, nouvelles, inconnues, divertissantes, avait quelque chose d'enivrant et d'assommant à la fois. Mes yeux hypnotisés regardaient cette petite bosse formée par le livre à l'intérieur de la poche, ils se focalisèrent, incandescents, sur cet emplacement insignifiant, comme s'ils voulaient percer à la flamme un trou dans le manteau. Pour finir, je ne pus retenir plus longtemps mon envie et m'approchai malgré moi. La seule idée de pouvoir tâter au moins un livre à travers le tissu me mettait les nerfs à vif jusqu'aux ongles. Presque à mon insu, je me rapprochai peu à peu. Par chance, le gardien ne prêta pas attention à mon comportement certainement singulier ; peut-être jugea-t-il aussi tout naturel qu'après deux heures passées debout un homme veuille s'adosser un peu au mur. Enfin, j'étais déjà tout près du manteau, et j'avais volontairement mis les mains dans le dos pour qu'elles puissent entrer discrètement en contact avec le vêtement. Je palpai le tissu et sentis effectivement quelque chose de rectangulaire, un objet souple et qui crissait discrètement — un livre ! Un livre !

Und wie ein Schuß durchzuckte mich der Gedanke: stiehl dir das Buch! Vielleicht gelingt es, und du kannst dir's in der Zelle verstecken und dann lesen, lesen, lesen, endlich wieder einmal lesen! Der Gedanke, kaum in mich gedrungen, wirkte wie ein starkes Gift; mit einemmal begannen mir die Ohren zu brausen und das Herz zu hämmern, meine Hände wurden eiskalt und gehorchten nicht mehr. Aber nach der ersten Betäubung drängte ich mich leise und listig noch näher an den Mantel, ich drückte, immer dabei den Wächter fixierend, mit den hinter dem Rücken versteckten Händen das Buch von unten aus der Tasche höher und höher. Und dann: ein Griff, ein leichter, vorsichtiger Zug, und plötzlich hatte ich das kleine, nicht sehr umfangreiche Buch in der Hand. Jetzt erst erschrak ich vor meiner Tat. Aber ich konnte nicht mehr zurück. Jedoch wohin damit? Ich schob den Band hinter meinem Rücken unter die Hose an die Stelle, wo sie der Gürtel hielt, und von dort allmählich hinüber an die Hüfte, damit ich es beim Gehen mit der Hand militärisch an der Hosennaht festhalten könnte. Nun galt es die erste Probe. Ich trat von der Garderobe weg, einen Schritt, zwei Schritte, drei Schritte. Es ging. Es war möglich, das Buch im Gehen festzuhalten, wenn ich nur die Hand fest an den Gürtel preßte.

Dann kam die Vernehmung. Sie erforderte meinerseits mehr Anstrengung als je,

Et une pensée me traversa comme un coup de feu : vole le livre ! Tu vas peut-être y arriver, tu pourras le cacher dans la cellule et puis lire, lire, lire, recommencer enfin à lire ! À peine s'était-elle insinuée en moi que l'idée produisit l'effet d'un poison violent ; d'un seul coup, mes oreilles se mirent à bourdonner, mon cœur à battre la chamade, mes mains glacées cessèrent de m'obéir. Mais après le premier instant d'étourdissement, je m'approchai encore du manteau, sans bruit et par ruse, et sans quitter le gardien des yeux, les mains toujours dans le dos, je soulevai peu à peu le livre de la poche. Puis je l'attrapai, lui imprimai une traction légère et prudente, et j'eus enfin en main ce petit livre de petit format, pas très volumineux. Alors seulement, l'acte que je venais de commettre m'effraya. Il était trop tard pour revenir en arrière. Mais voilà : qu'en faire ? Je glissai le volume sous mon pantalon, dans mon dos, là où la ceinture le retenait, puis, progressivement, jusqu'à ma hanche, pour que je puisse le tenir en marchant la main sur la couture, comme un militaire. Je dus ensuite venir à bout du premier test. Je m'éloignai du portemanteau, d'un pas, deux pas, trois pas. Cela fonctionnait. Il était possible de maintenir le livre tout en marchant, il suffisait que j'appuie fortement la main sur la ceinture.

« Vint ensuite l'interrogatoire. Il m'imposa plus d'efforts que jamais,

denn eigentlich konzentrierte ich meine ganze Kraft, während ich antwortete, nicht auf meine Aussage, sondern vor allem darauf, das Buch unauffällig festzuhalten. Glücklicherweise fiel das Verhör diesmal kurz aus, und ich brachte das Buch heil in mein Zimmer – ich will Sie nicht aufhalten mit all den Einzelheiten, denn einmal rutschte es von der Hose gefährlich ab mitten im Gang, und ich mußte einen schweren Hustenanfall simulieren, um mich niederzubücken und es wieder heil unter den Gürtel zurückzuschieben. Aber welch eine Sekunde dafür, als ich damit in meine Hölle zurücktrat, endlich allein und doch nie mehr allein!

Nun vermuten Sie wahrscheinlich, ich hätte sofort das Buch gepackt, betrachtet, gelesen. Keineswegs! Erst wollte ich die Vorlust auskosten, daß ich ein Buch bei mir hatte, die künstlich verzögernde und meine Nerven wunderbar erregende Lust, mir auszuträumen, welche Art Buch dies gestohlene am liebsten sein sollte: sehr eng gedruckt vor allem, viele, viele Lettern enthaltend, viele, viele dünne Blätter, damit ich länger daran zu lesen hätte. Und dann wünschte ich mir, es sollte ein Werk sein, das mich geistig anstrengte, nichts Flaches, nichts Leichtes, sondern etwas, das man lernen, auswendig lernen konnte, Gedichte und am besten – welcher verwegene Traum! – Goethe oder Homer. Aber schließlich konnte ich meine Gier, meine Neugier nicht länger verhalten. Hingestreckt auf das Bett,

car ce n'était pas à ma déposition que je consacrais toute mon énergie à chacune de mes réponses, mais avant tout à maintenir discrètement le livre à sa place. Fort heureusement, cet interrogatoire-là ne dura pas longtemps et je pus rapporter le livre en bon état dans ma chambre — je ne veux pas vous noyer sous les détails, mais à un moment l'ouvrage glissa dangereusement dans mon pantalon et je dus simuler un sévère accès de toux pour le glisser de nouveau sous ma ceinture. Mais quel instant je vécus en contrepartie lorsque je rentrai dans mon enfer, enfin seul et pourtant sorti de ma solitude !

« Vous allez probablement supposer que j'ai aussitôt pris le livre en main, que je l'ai examiné et que je l'ai lu. Mais pas du tout ! J'ai d'abord voulu savourer pleinement le simple plaisir d'avoir un livre sur moi, le plaisir artificiellement retardé, et qui me procurait une admirable excitation, de m'imaginer en rêvant quel genre de livre pourrait être, de préférence, cet objet volé : il devrait avant tout être imprimé en caractères très serrés, et contenir beaucoup, beaucoup de feuilles très minces pour offrir une plus longue lecture. Et puis je souhaitais que l'ouvrage me force à un effort intellectuel, rien de plat, rien de facile, mais quelque chose que l'on pût apprendre, apprendre par cœur, des poèmes et de préférence — quel rêve audacieux ! — Goethe ou Homère. Mais au bout du compte je ne pus retenir plus longtemps mon avidité, ma curiosité. Allongé sur le lit,

so daß der Wärter, wenn er plötzlich die Tür aufmachen sollte, mich nicht ertappen könnte, zog ich zitternd unter dem Gürtel den Band heraus.

Der erste Blick war eine Enttäuschung und sogar eine Art erbitterter Ärger: dieses mit so ungeheurer Gefahr erbeutete, mit so glühender Erwartung aufgesparte Buch war nichts anderes als ein Schachrepetitorium, eine Sammlung von hundertfünfzig Meisterpartien. Wäre ich nicht verriegelt, verschlossen gewesen, ich hätte im ersten Zorn das Buch durch ein offenes Fenster geschleudert, denn was sollte, was konnte ich mit diesem Nonsens beginnen? Ich hatte als Knabe im Gymnasium wie die meisten anderen mich ab und zu aus Langeweile vor einem Schachbrett versucht. Aber was sollte mir dieses theoretische Zeug? Schach kann man doch nicht spielen ohne einen Partner und schon gar nicht ohne Steine, ohne Brett. Verdrossen blätterte ich die Seiten durch, um vielleicht dennoch etwas Lesbares zu entdecken, eine Einleitung, eine Anleitung; aber ich fand nichts als die nackten quadratischen Diagramme der einzelnen Meisterpartien und darunter mir zunächst unverständliche Zeichen, a2-a3, S f1-g3 und so weiter. Alles das schien mir eine Art Algebra, zu der ich keinen Schlüssel fand. Erst allmählich enträtselte ich, daß die Buchstaben a, b, c für die Längsreihen, die Ziffern 1 bis 8 für die Querreihen eingesetzt waren und den jeweiligen Stand jeder einzelnen Figur bestimmten;

de telle sorte que le gardien ne puisse me surprendre s'il venait à ouvrir la porte tout d'un coup, je sortis en tremblant le volume de sous ma ceinture.

« Le premier regard m'inspira de la déception, et même une sorte de colère ulcérée : ce livre que j'avais chapardé au prix de tels dangers, que j'avais gardé de côté dans une attente si ardente, n'était qu'un manuel d'échecs, un recueil de cent cinquante parties de maître. Si je n'avais pas été enfermé à double tour, mon premier réflexe de fureur aurait été de lancer le livre par une fenêtre ouverte — que devais-je faire, que pouvais-je faire de cette absurdité ? Gamin, au lycée, je m'étais certes de temps en temps, par désœuvrement, essayé à l'échiquier. Mais en quoi ce traité théorique me concernait-il ? On ne peut tout de même pas jouer aux échecs sans partenaire, et encore moins sans pièces et sans échiquier. Je feuilletai l'ouvrage, excédé, espérant qu'il y aurait tout de même quelque chose de lisible, une introduction, un mode d'emploi ; mais je n'y trouvais que les schémas carrés et nus des différentes parties de maître, surmontant des signes qui me furent d'abord incompréhensibles, a2-a3, C f1-g3, et ainsi de suite. Tout cela m'apparaissait comme une sorte d'algèbre obscure. Peu à peu, seulement, je découvris la clef de l'énigme : les lettres a, b, c désignaient les traverses, les chiffres 1 à 8 les colonnes, et le tout définissait la position de chaque figure ;

damit bekamen die rein graphischen Diagramme immerhin eine Sprache. Vielleicht, überlegte ich, könnte ich mir in meiner Zelle eine Art Schachbrett konstruieren und dann versuchen, diese Partien nachzuspielen; wie ein himmlischer Wink erschien es mir, daß mein Bettuch sich zufällig als grob kariert erwies. Richtig zusammengefaltet, ließ es sich am Ende so legen, um vierundsechzig Felder zusammenzubekommen. Ich versteckte also zunächst das Buch unter der Matratze und riß die erste Seite heraus. Dann begann ich aus kleinen Krümeln, die ich mir von meinem Brot absparte, in selbstverständlich lächerlich unvollkommener Weise die Figuren des Schachs, König, Königin und so weiter, zurechtzumodeln; nach endlosem Bemühen konnte ich es schließlich unternehmen, auf dem karierten Bettuch die im Schachbuch abgebildeten Positionen zu rekonstruieren. Als ich aber versuchte, die ganze Partie nachzuspielen, mißlang es zunächst vollkommen mit meinen lächerlichen Krümelfiguren, von denen ich zur Unterscheidung die eine Hälfte mit Staub dunkler gefärbt hatte. Ich verwirrte mich in den ersten Tagen unablässig; fünfmal, zehnmal, zwanzigmal mußte ich diese eine Partie immer wieder von Anfang beginnen. Aber wer auf Erden verfügte über so viel ungenutzte und nutzlose Zeit wie ich, der Sklave des Nichts, wem stand so viel unermeßliche Gier und Geduld zu Gebot? Nach sechs Tagen spielte ich schon die Partie tadellos zu Ende,

ces schémas purement graphiques se voyaient tout de même ainsi pourvus d'un langage. Peut-être, me dis-je, pourrais-je me fabriquer dans ma cellule une sorte d'échiquier et tenter ensuite de rejouer ces parties ; que le drap de mon lit ait eu pour motif de grossiers carreaux me fit l'effet d'un signe du ciel. Correctement replié, on pouvait le poser de telle sorte qu'il dessinât soixante-quatre cases. Je commençai donc par dissimuler le livre sous le matelas et en arrachai la première page. Puis je me mis à modeler tant bien que mal et d'une manière bien entendu ridiculement imparfaite les petites boules de mie que j'économisais sur mon pain pour en faire des figurines d'échecs, un roi, une reine, et ainsi de suite ; au terme d'efforts infinis, je pus finalement entreprendre de reconstituer sur le drap à carreaux la position illustrée dans le livre d'échecs. Mais lorsque je tentai de rejouer toute la partie, je commençai par essuyer un échec cinglant avec mes grotesques figurines en mie de pain, dont j'avais teint la première moitié de poussière sombre pour la distinguer de la seconde. Les premiers jours, je n'arrêtais pas de les confondre. Cinq, dix, vingt fois de suite je dus reprendre la même partie de zéro. Mais qui, sur cette terre, disposait d'une aussi grande quantité de temps inutilisé et inutile que moi, l'esclave du néant, qui donc pouvait être aussi immensément avide et patient à la fois ? Au bout de six jours, je jouais déjà cette partie de manière impeccable et jusqu'à son terme ;

nach weiteren acht Tagen benötigte ich nicht einmal die Krümel auf dem Bettuch mehr, um mir die Positionen aus dem Schachbuch zu vergegenständlichen, und nach weiteren acht Tagen wurde auch das karierte Bettuch entbehrlich; automatisch verwandelten sich die anfangs abstrakten Zeichen des Buches a1, a2, c7, c8 hinter meiner Stirn zu visuellen, zu plastischen Positionen. Die Umstellung war restlos gelungen: ich hatte das Schachbrett mit seinen Figuren nach innen projiziert und überblickte auch dank der bloßen Formeln die jeweilige Position, so wie einem geübten Musiker der bloße Anblick der Partitur schon genügt, um alle Stimmen und ihren Zusammenklang zu hören. Nach weiteren vierzehn Tagen war ich mühelos imstande, jede Partie aus dem Buch auswendig – oder, wie der Fachausdruck lautet: blind – nachzuspielen; jetzt erst begann ich zu verstehen, welche unermeßliche Wohltat mein frecher Diebstahl mir eroberte. Denn ich hatte mit einemmal Tätigkeit – eine sinnlose, eine zwecklose, wenn Sie wollen, aber doch eine, die das Nichts um mich zunichte machte, ich besaß mit den hundertfünfzig Turnierpartien eine wunderbare Waffe gegen die erdrückende Monotonie des Raumes und der Zeit. Um mir den Reiz der neuen Beschäftigung ungebrochen zu bewahren, teilte ich mir von nun ab jeden Tag genau ein: zwei Partien morgens, zwei Partien nachmittags, abends dann noch eine rasche Wiederholung. Damit war mein Tag,

huit jours encore et je n'avais même plus besoin des boules de pain sur le drap pour me représenter la position décrite par le livre, et une semaine plus tard je pus aussi me passer du drap à carreaux; les signes du livre, d'abord abstraits, a1, a2, c7, c8, se transformaient automatiquement dans mon esprit en positions visuelles et sculpturales. La conversion avait parfaitement réussi : j'avais projeté en moi l'échiquier et ses figurines, et les formules suffisaient à me donner une vue d'ensemble sur les différentes positions, tout comme un musicien exercé n'a pas besoin de plus d'un simple coup d'œil à la partition pour entendre toutes les voix et leurs harmonies. Au bout de quinze jours supplémentaires, j'étais capable de rejouer par cœur — ou, pour reprendre le terme technique : à l'aveugle — n'importe quelle partie du livre; alors seulement, je commençai à comprendre quel gigantesque bienfait m'avait apporté mon insolent larcin. Car, d'un seul coup, j'avais trouvé une activité — absurde et inutile, si vous voulez, mais une activité tout de même —, qui anéantissait le néant autour de moi; avec ces cent cinquante parties de tournoi, je détenais une arme miraculeuse contre l'accablante monotonie de l'espace et du temps. Afin de conserver intact l'attrait de cette nouvelle occupation, je divisai désormais mes journées avec précision : deux parties le matin, deux parties l'après-midi, puis une brève reprise le soir. Ma journée,

der sich sonst wie Gallert formlos dehnte, ausgefüllt, ich war beschäftigt, ohne mich zu ermüden, denn das Schachspiel besitzt den wunderbaren Vorzug, durch Bannung der geistigen Energien auf ein engbegrenztes Feld selbst bei anstrengendster Denkleistung das Gehirn nicht zu erschlaffen, sondern eher seine Agilität und Spannkraft zu schärfen. Allmählich begann bei dem zuerst bloß mechanischen Nachspielen der Meisterpartien ein künstlerisches, ein lusthaftes Verständnis in mir zu erwachen. Ich lernte die Feinheiten, die Tücken und Schärfen in Angriff und Verteidigung verstehen, ich erfaßte die Technik des Vorausdenkens, Kombinierens, Ripostierens und erkannte bald die persönliche Note jedes einzelnen Schachmeisters in seiner individuellen Führung so unfehlbar, wie man Verse eines Dichters schon aus wenigen Zeilen feststellt; was als bloß zeitfüllende Beschäftigung begonnen, wurde Genuß, und die Gestalten der großen Schachstrategen, wie Aljechin, Lasker, Bogoljubow, Tartakower, traten als geliebte Kameraden in meine Einsamkeit. Unendliche Abwechslung beseelte täglich die stumme Zelle, und gerade die Regelmäßigkeit meiner Exerzitien gab meiner Denkfähigkeit die schon erschütterte Sicherheit zurück; ich empfand mein Gehirn aufgefrischt und durch die ständige Denkdisziplin sogar noch gleichsam neu geschliffen.

qui jusqu'alors s'étalait comme de la gelée, était désormais remplie, j'étais occupé sans me fatiguer, car le jeu d'échecs présente l'admirable avantage, en focalisant les énergies mentales sur un espace étroitement délimité, de ne pas assoupir le cerveau, même quand on produit l'effort intellectuel le plus exténuant, mais au contraire d'accroître son agilité et sa tension. Peu à peu s'éveilla en moi, dans cette reprise d'abord purement mécanique des parties de maître, une compréhension artistique et emplie de plaisir. J'appris à déceler les raffinements, les pièges et les points de force de l'attaque et de la défense, je saisis la technique de l'anticipation, de la combinaison, de la riposte, et je reconnus bientôt la note personnelle de chaque maître d'échecs dans son exécution individuelle, de la même manière que quelques lignes suffisent à reconnaître les vers d'un poète ; ce qui avait commencé comme un simple passe-temps devint une jouissance et les figures des grands stratèges des échecs, comme Alekhine, Lasker, Bogoliubov, Tartakover, entrèrent dans ma solitude comme de chers camarades. Ma cellule muette était désormais animée par un divertissement sans fin, et c'est précisément la régularité de mes exercices qui rendait à ma capacité de penser sa sûreté ébranlée : il me semblait que mon cerveau avait été rafraîchi et que ma discipline intellectuelle constante l'avait même retaillé à neuf.

Daß ich klarer und konzentrierter dachte, erwies sich vor allem bei den Vernehmungen; unbewußt hatte ich mich auf dem Schachbrett in der Verteidigung gegen falsche Drohungen und verdeckte Winkelzüge vervollkommnet; von diesem Zeitpunkt an gab ich mir bei den Vernehmungen keine Blöße mehr, und mir dünkte sogar, daß die Gestapoleute mich allmählich mit einem gewissen Respekt zu betrachten begannen. Vielleicht fragten sie sich im stillen, da sie alle anderen zusammenbrechen sahen, aus welchen geheimen Quellen ich allein die Kraft solch unerschütterlichen Widerstandes schöpfte.

Diese meine Glückzeit, da ich die hundertfünfzig Partien jenes Buches Tag für Tag systematisch nachspielte, dauerte etwa zweieinhalb bis drei Monate. Dann geriet ich unvermuteterweise an einen toten Punkt. Plötzlich stand ich neuerdings vor dem Nichts. Denn sobald ich jede einzelne Partie zwanzig- oder dreißigmal durchgespielt hatte, verlor sie den Reiz der Neuheit, der Überraschung, ihre vordem so aufregende, so anregende Kraft war erschöpft. Welchen Sinn hatte es, nochmals und nochmals Partien zu wiederholen, die ich Zug um Zug längst auswendig kannte? Kaum ich die erste Eröffnung getan, klöppelte sich ihr Ablauf gleichsam automatisch in mir ab, es gab keine Überraschung mehr, keine Spannung, keine Probleme. Um mich zu beschäftigen, um mir die schon unentbehrlich gewordene Anstrengung und Ablenkung zu schaffen,

C'est surtout au cours des interrogatoires qu'il apparut que ma pensée était devenue plus claire et plus concise ; devant l'échiquier, j'avais inconsciemment peaufiné ma défense contre les menaces fallacieuses et les chausse-trapes. Désormais, je ne baissais plus jamais ma garde pendant ces interrogatoires, il me sembla même que les hommes de la Gestapo commençaient à me considérer avec un certain respect. Peut-être se demandaient-ils en silence, eux qui voyaient tous les autres s'effondrer, à quelles sources mystérieuses j'allais puiser une résistance aussi inébranlable.

« Cette période, qui fut pour moi une heureuse époque, car je rejouai jour après jour, systématiquement, les cent cinquante parties de ce livre, dura entre deux mois et demi et trois mois. Puis, sans que rien l'eût annoncé, je fus au point mort. Je me retrouvai soudain face au néant. Car, dès que j'avais joué chaque partie vingt ou trente fois de suite, le charme de la nouveauté et de la surprise se perdait, sa force tellement excitante et stimulante était épuisée. Quel sens y avait-il à jouer et à rejouer encore des parties dont je connaissais depuis très longtemps chaque coup et celui qui lui succédait ? À peine la première ouverture réalisée, la partie se déroulait presque automatiquement dans mon esprit, il n'y avait plus aucune surprise, plus de tensions, plus de problèmes. Pour m'occuper, pour me procurer cet effort et cette distraction devenus indispensables,

hätte ich eigentlich ein anderes Buch mit anderen Partien gebraucht. Da dies aber vollkommen unmöglich war, gab es nur einen Weg auf dieser sonderbaren Irrbahn; ich mußte mir statt der alten Partien neue erfinden. Ich mußte versuchen, mit mir selbst oder vielmehr gegen mich selbst zu spielen.

Ich weiß nun nicht, bis zu welchem Grade Sie über die geistige Situation bei diesem Spiel der Spiele nachgedacht haben. Aber schon die flüchtigste Überlegung dürfte ausreichen, um klarzumachen, daß beim Schach als einem reinen, vom Zufall abgelösten Denkspiel es logischerweise eine Absurdität bedeutet, gegen sich selbst spielen zu wollen. Das Attraktive des Schachs beruht doch im Grunde einzig darin, daß sich seine Strategie in zwei verschiedenen Gehirnen entwickelt, daß in diesem geistigen Kriege Schwarz die jeweiligen Manöver von Weiß nicht kennt und ständig zu erraten und zu durchkreuzen sucht, während seinerseits wiederum Weiß die geheimen Absichten von Schwarz zu überholen und parieren strebt. Bildeten nun Schwarz und Weiß ein und dieselbe Person, so ergäbe sich der widersinnige Zustand, daß ein und dasselbe Gehirn gleichzeitig etwas wissen und doch nicht wissen sollte, daß es als Partner Weiß funktionierend, auf Kommando völlig vergessen könnte, was es eine Minute vorher als Partner Schwarz gewollt und beabsichtigt. Ein solches Doppeldenken setzt eigentlich eine vollkommene Spaltung des Bewußtseins voraus,

j'aurais en réalité dû écrire un autre recueil d'autres parties. Mais comme c'était parfaitement impossible, il n'y avait qu'un chemin pour sortir de cette folle et singulière trajectoire : je devais abandonner les anciennes parties et en inventer de nouvelles. Je devais tenter de jouer avec moi-même, ou plutôt contre moi-même.

« J'ignore à quel point vous avez réfléchi à la situation mentale qu'installe ce jeu d'entre les jeux. Mais un simple instant devrait suffire à vous faire comprendre qu'aux échecs, un pur jeu de réflexion détaché du hasard, c'est une absurdité logique que de vouloir jouer contre soi-même. Au fond, leur seul attrait tient au fait que leur stratégie se développe dans deux cerveaux différents, que dans cette guerre de l'esprit les noirs ne connaissent pas les manœuvres que vont effectuer les blancs, qu'ils cherchent constamment à les deviner et à les contrecarrer tandis que les blancs, pour leur part, n'ont d'autre but que de contourner et de parer les intentions secrètes des noirs. Si une seule personne dirigeait les noirs et les blancs, on se retrouverait face à cette situation absurde où un seul et même cerveau devrait à la fois savoir quelque chose et ne pas le savoir ; jouant avec les blancs, il pourrait, sur ordre, oublier totalement ce qu'il avait voulu et visé une minute plus tôt quand il avait les noirs. Pareille double pensée suppose en réalité une scission complète de la conscience,

ein beliebiges Aufund Abblendenkönnen der Gehirnfunktion wie bei einem mechanischen Apparat; gegen sich selbst spielen zu wollen, bedeutet also im Schach eine solche Paradoxie, wie über seinen eigenen Schatten zu springen.

Nun, um mich kurz zu fassen, diese Unmöglichkeit, diese Absurdität habe ich in meiner Verzweiflung monatelang versucht. Aber ich hatte keine Wahl als diesen Widersinn, um nicht dem puren Irrsinn oder einem völligen geistigen Marasmus zu verfallen. Ich war durch meine fürchterliche Situation gezwungen, diese Spaltung in ein Ich Schwarz und in ein Ich Weiß zumindest zu versuchen, um nicht erdrückt zu werden von dem grauenhaften Nichts um mich.«

Dr. B. lehnte sich zurück in den Liegestuhl und schloß für eine Minute die Augen. Es war, als ob er eine verstörende Erinnerung gewaltsam unterdrücken wollte. Wieder lief das merkwürdige Zucken, das er nicht zu beherrschen wußte, um den linken Mundwinkel. Dann richtete er sich in seinem Lehnstuhl etwas höher auf.

»So – bis zu diesem Punkte hoffe ich, Ihnen alles ziemlich verständlich erklärt zu haben. Aber ich bin leider keineswegs gewiß, ob ich das Weitere Ihnen noch ähnlich deutlich veranschaulichen kann. Denn diese neue Beschäftigung erforderte eine so unbedingte Anspannung des Gehirns, daß sie jede gleichzeitige Selbstkontrolle unmöglich machte.

une capacité d'allumer et d'éteindre la fonction cérébrale comme s'il s'agissait d'un appareil mécanique ; vouloir jouer contre soi-même représente donc, aux échecs, un aussi grand paradoxe que de vouloir sauter par-dessus son ombre.

« Pour me résumer : cette impossibilité, cette absurdité, j'ai passé des mois, dans mon désespoir, à tenter de la mettre en œuvre. Je n'avais aucun autre choix que cette absurdité si je ne voulais pas succomber à la folie pure ou sombrer dans un marasme intellectuel complet. Ma situation effroyable me forçait à tenter au moins cette scission entre un moi noir et un moi blanc, pour ne pas être écrasé par l'atroce néant qui m'entourait. »

Mᵉ B. s'adossa à son transat et ferma les yeux l'espace d'une minute. Il donnait l'impression de vouloir réprimer par la force un souvenir effarant. Une fois de plus, cet étrange tressaillement qu'il ne parvenait pas à maîtriser lui agita la commissure de la lèvre gauche. Puis il se releva un peu sur son siège.

« Bien... jusqu'ici, j'espère vous avoir tout expliqué de manière assez compréhensible. Je n'ai hélas aucune certitude sur la possibilité de vous exposer la suite d'une manière à peu près aussi claire. Car cette nouvelle occupation exigeait une tension cérébrale tellement absolue qu'elle rendait impossible tout contrôle de moi-même au moment où je la produisais.

Ich deutete Ihnen schon an, daß meiner Meinung nach es an sich schon Nonsens bedeutet, Schach gegen sich selber spielen zu wollen; aber selbst diese Absurdität hätte immerhin noch eine minimale Chance mit einem realen Schachbrett vor sich, weil das Schachbrett durch seine Realität immerhin noch eine gewisse Distanz, eine materielle Exterritorialisierung erlaubt. Vor einem wirklichen Schachbrett mit wirklichen Figuren kann man Überlegungspausen einschalten, man kann sich rein körperlich bald auf die eine Seite, bald auf die andere Seite des Tisches stellen und damit die Situation bald vom Standpunkt Schwarz, bald vom Standpunkt Weiß ins Auge fassen. Aber genötigt, wie ich war, diese Kämpfe gegen mich selbst oder, wenn Sie wollen, mit mir selbst in einen imaginären Raum zu projizieren, war ich gezwungen, in meinem Bewußtsein die jeweilige Stellung auf den vierundsechzig Feldern deutlich festzuhalten und außerdem nicht nur die momentane Figuration, sondern auch schon die möglichen weiteren Züge von beiden Partnern mir auszukalkulieren, und zwar – ich weiß, wie absurd dies alles klingt – mir doppelt und dreifach zu imaginieren, nein, sechsfach, achtfach, zwölffach, für jedes meiner Ich, für Schwarz und Weiß immer schon vier und fünf Züge voraus. Ich mußte – verzeihen Sie, daß ich Ihnen zumute, diesen Irrsinn durchzudenken – bei diesem Spiel im abstrakten Raum der Phantasie als Spieler Weiß

Je vous ai déjà laissé entendre que, de mon point de vue, c'est un non-sens que de vouloir jouer aux échecs contre soi-même; mais même cette absurdité aurait encore eu une petite chance d'être mise en œuvre avec un échiquier réel, parce que celui-ci, du fait de sa réalité matérielle, permet tout de même encore de prendre une certaine distance, une extraterritorialisation concrète. Devant un échiquier réel, avec de vraies pièces, on peut faire des pauses pour réfléchir, on peut se tenir, d'un point de vue purement physique, d'un côté de la table ou de l'autre, et voir ainsi la situation tantôt dans la perspective des noirs, tantôt dans celle des blancs. Mais forcé comme je l'étais de projeter dans un espace imaginaire ces combats contre moi-même ou, si vous préférez, avec moi-même, j'étais contraint de fixer clairement dans ma conscience chacune des positions sur les soixante-quatre cases, non seulement d'établir la configuration du moment, mais aussi de calculer les autres coups qu'étaient susceptibles de jouer les deux partenaires, et qui plus est — je sais à quel point cela paraît absurde — de me les imaginer deux fois, trois fois, non, six, huit, douze fois, pour chacun de mes moi, pour les noirs et les blancs, toujours avec quatre ou cinq coups d'avance. Je devais — permettez-moi de vous demander de penser cette folie jusqu'à son terme —, dans ce jeu qui se déroulait dans l'espace abstrait de l'imagination, en tant que joueur des blancs,

vier oder fünf Züge vorausberechnen und ebenso als Spieler Schwarz, also alle sich in der Entwicklung ergebenden Situationen gewissermaßen mit zwei Gehirnen vorauskombinieren, mit dem Gehirn Weiß und dem Gehirn Schwarz. Aber selbst diese Selbstzerteilung war noch nicht das Gefährlichste an meinem abstrusen Experiment, sondern daß ich durch das selbständige Ersinnen von Partien mit einemmal den Boden unter den Füßen verlor und ins Bodenlose geriet. Das bloße Nachspielen der Meisterpartien, wie ich es in den vorhergehenden Wochen geübt, war schließlich nichts als eine reproduktive Leistung gewesen, ein reines Rekapitulieren einer gegebenen Materie und als solches nicht anstrengender, als wenn ich Gedichte auswendig gelernt hätte oder Gesetzesparagraphen memoriert, es war eine begrenzte, eine disziplinierte Tätigkeit und darum ein ausgezeichnetes Exercitium mentale. Meine zwei Partien, die ich morgens, die zwei, die ich nachmittags probte, stellten ein bestimmtes Pensum dar, das ich ohne jeden Einsatz von Erregung erledigte; sie ersetzten mir eine normale Beschäftigung, und überdies hatte ich, wenn ich mich im Ablauf einer Partie irrte oder nicht weiter wußte, an dem Buch noch immer einen Halt. Nur darum war diese Tätigkeit für meine erschütterten Nerven eine so heilsame und eher beruhigende gewesen,

calculer quatre ou cinq coups à l'avance, et tout autant comme joueur des noirs, c'est-à-dire combiner par anticipation, dans une certaine mesure, toutes les situations résultant de l'évolution du jeu à l'aide de deux cerveaux : le cerveau blanc et le cerveau noir. Et pourtant même cette division de soi n'était pas encore le plus dangereux dans mon expérience insensée; le plus périlleux était qu'en imaginant des parties par moi-même, je vis tout d'un coup le sol se dérober sous mes pieds et me retrouvai dans l'abîme. Rejouer simplement les parties de maître, comme je m'y étais exercé au cours des semaines précédentes, n'avait après tout été qu'un travail de reproduction, la pure récapitulation d'un matériau donné à l'avance; en tant que tel, cela n'avait pas été plus fatigant que d'apprendre des poèmes par cœur ou de mémoriser des articles de loi, c'était une activité limitée, disciplinée, et donc un remarquable exercice mental. Les deux parties que je répétais le matin, puis les deux de l'après-midi, représentaient un pensum bien défini que j'accomplissais sans la moindre excitation personnelle; elles faisaient pour moi office d'occupation courante, et quand je me trompais dans le cours d'une partie ou quand je ne savais plus comment avancer, je pouvais toujours me reporter au livre. Si cette activité avait été aussi salutaire et plutôt tranquillisante pour mon système nerveux ébranlé,

weil ein Nachspielen fremder Partien nicht mich selber ins Spiel brachte; ob Schwarz oder Weiß siegte, blieb mir gleichgültig, es waren doch Aljechin oder Bogoljubow, die um die Palme des Champions kämpften, und meine eigene Person, mein Verstand, meine Seele genossen einzig als Zuschauer, als Kenner die Peripetien und Schönheiten jener Partien. Von dem Augenblick an, da ich aber gegen mich zu spielen versuchte, begann ich mich unbewußt herauszufordern. Jedes meiner beiden Ich, mein Ich Schwarz und mein Ich Weiß, hatten zu wetteifern gegeneinander und gerieten jedes für sein Teil in einen Ehrgeiz, in eine Ungeduld, zu siegen, zu gewinnen; ich fieberte als Ich Schwarz nach jedem Zuge, was das Ich Weiß tun würde. Jedes meiner beiden Ich triumphierte, wenn das andere einen Fehler machte, und erbitterte sich gleichzeitig über sein eigenes Ungeschick.

Das alles scheint sinnlos, und in der Tat wäre ja eine solche künstliche Schizophrenie, eine solche Bewußtseinsspaltung mit ihrem Einschuß an gefährlicher Erregtheit bei einem normalen Menschen in normalem Zustand undenkbar. Aber vergessen Sie nicht, daß ich aus aller Normalität gewaltsam gerissen war, ein Häftling, unschuldig eingesperrt, seit Monaten raffiniert mit Einsamkeit gemartert, ein Mensch, der seine aufgehäufte Wut längst gegen irgend etwas entladen wollte.

c'est uniquement parce que rejouer les parties d'un tiers ne me mettait pas personnellement en cause ; que les noirs ou les blancs l'emportent m'était indifférent. Après tout, c'était Alekhine ou Bogoliubov qui se battaient pour remporter la palme du champion, et ma propre personne, ma raison, mon âme, jouissait uniquement du fait que j'étais spectateur et connaisseur des péripéties et des beautés de ces parties. Mais dès l'instant où je tentai de jouer contre moi-même, je me mis à me lancer des défis inconscients. Chacun de mes deux moi, mon moi noir et mon moi blanc, devait devenir le rival de l'autre, et tous deux étaient saisis, chacun de son côté, par une impatiente ambition de vaincre, de gagner ; après chaque coup, mon moi noir attendait avec fébrilité ce que mon moi blanc allait faire. Chacun de mes deux moi triomphait lorsque l'autre commettait une erreur, tout en étant ulcéré de sa propre maladresse.

« Tout cela paraît absurde, et de fait pareille schizophrénie produite artificiellement, pareille scission de la conscience mêlée d'une dangereuse excitation serait improbable chez une personne normale dans son état normal. Mais n'oubliez pas que j'avais été arraché par la force à toute normalité, que j'étais un détenu, enfermé en dépit de son innocence, martyrisé depuis des mois par les subtilités de la solitude, une personne qui avait besoin d'un dérivatif, n'importe lequel, pour décharger sa colère accumulée.

Und da ich nichts anderes hatte als dies unsinnige Spiel gegen mich selbst, fuhr meine Wut, meine Rachelust fanatisch in dieses Spiel hinein. Etwas in mir wollte recht behalten, und ich hatte doch nur dieses andere Ich in mir, das ich bekämpfen konnte; so steigerte ich mich während des Spiels in eine fast manische Erregung. Im Anfang hatte ich noch ruhig und überlegt gedacht, ich hatte Pausen eingeschaltet zwischen einer und der anderen Partie, um mich von der Anstrengung zu erholen, aber allmählich erlaubten meine gereizten Nerven mir kein Warten mehr. Kaum hatte mein Ich Weiß einen Zug getan, stieß schon mein Ich Schwarz fiebrig vor; kaum war eine Partie beendigt, so forderte ich mich schon zur nächsten heraus, denn jedesmal war doch eines der beiden Schach-Ich von dem andern besiegt und verlangte Revanche. Nie werde ich auch nur annähernd sagen können, wie viele Partien ich infolge dieser irrwitzigen Unersättlichkeit während dieser letzten Monate in meiner Zelle gegen mich selbst gespielt – vielleicht tausend, vielleicht mehr. Es war eine Besessenheit, deren ich mich nicht erwehren konnte; von früh bis nachts dachte ich an nichts als an Läufer und Bauern und Turm und König und a und b und c und Matt und Rochade, mit meinem ganzen Sein und Fühlen stieß es mich in das karierte Quadrat. Aus der Spielfreude war eine Spiellust geworden, aus der Spiellust ein Spielzwang, eine Manie,

Et comme je n'avais rien d'autre que ce jeu absurde contre moi-même, ma fureur, mon envie de vengeance s'y jeta avec fanatisme. Quelque chose en moi voulait avoir raison, et je n'avais pourtant à l'intérieur de mon esprit que cet autre moi que je pouvais affronter ; pendant les parties, j'étais donc plongé dans une excitation quasi maniaque. Au début je prenais encore le temps de réfléchir tranquillement, je faisais des pauses entre deux parties afin de me remettre de mon effort ; mais, peu à peu, mes nerfs à vif ne supportèrent plus d'attendre. À peine mon moi blanc avait-il joué que mon moi noir avançait fébrilement ; à peine une partie était-elle à son terme que je me provoquais déjà pour la suivante — car à chaque fois, tout de même, l'un des deux moi des échecs était vaincu par l'autre et réclamait sa revanche. Jamais je ne pourrai dire, fût-ce approximativement, combien de parties j'ai jouées contre moi-même dans cette cellule au cours des derniers mois, poussé par cette folie insatiable — peut-être mille, peut-être plus. C'était une obsession contre laquelle j'étais incapable de me défendre. Du matin au soir, je ne pensais qu'aux fous et aux pions, au roi, à a, b, c, au mat et au roque, j'étais poussé par tout mon être, par tous mes sentiments, vers ce carré quadrillé. Le goût du jeu était devenu un plaisir de jouer, le plaisir de jouer une obsession du jeu, une manie,

eine frenetische Wut, die nicht nur meine wachen Stunden, sondern allmählich auch meinen Schlaf durchdrang. Ich konnte nur Schach denken, nur in Schachbewegungen, Schachproblemen; manchmal wachte ich mit feuchter Stirn auf und erkannte, daß ich sogar im Schlaf unbewußt weitergespielt haben mußte, und wenn ich von Menschen träumte, so geschah es ausschließlich in den Bewegungen des Läufers, des Turms, im Vor und Zurück des Rösselsprungs. Selbst wenn ich zum Verhör gerufen wurde, konnte ich nicht mehr konzis an meine Verantwortung denken; ich habe die Empfindung, daß bei den letzten Vernehmungen ich mich ziemlich konfus ausgedrückt haben muß, denn die Verhörenden blickten sich manchmal befremdet an. Aber in Wirklichkeit wartete ich, während sie fragten und berieten, in meiner unseligen Gier doch nur darauf, wieder zurückgeführt zu werden in meine Zelle, um mein Spiel, mein irres Spiel, fortzusetzen, eine neue Partie und noch eine und noch eine. Jede Unterbrechung wurde mir zur Störung; selbst die Viertelstunde, da der Wärter die Gefängniszelle aufräumte, die zwei Minuten, da er mir das Essen brachte, quälten meine fiebrige Ungeduld; manchmal stand abends der Napf mit der Mahlzeit noch unberührt, ich hatte über dem Spiel vergessen zu essen. Das einzige, was ich körperlich empfand, war ein fürchterlicher Durst;

une rage frénétique qui envahissait non seulement mes heures de veille mais aussi, peu à peu, mon sommeil. Je ne pouvais plus penser qu'en termes d'échecs, de mouvements d'échecs, de problèmes d'échecs ; il m'arrivait de me réveiller le front trempé de sueur et de comprendre que j'avais dû continuer à jouer inconsciemment tout en dormant, et quand je rêvais de personnes, c'était exclusivement dans les mouvements du fou ou de la tour, dans les allers et retours du cavalier. Même quand on m'appelait pour m'interroger, je ne pouvais plus me concentrer pour ne pas prendre de risques ; j'ai la sensation qu'au cours des derniers interrogatoires j'ai dû m'exprimer de manière assez confuse, car ceux qui me posaient les questions se regardaient parfois d'un air déconcerté. Mais en réalité, tandis qu'ils posaient leurs questions et délibéraient, la même anxiété funeste s'emparait de nouveau de moi et je n'attendais que le moment où l'on me ramènerait dans ma cellule afin de reprendre mon jeu, mon jeu de fou, une partie supplémentaire, puis une autre et une autre encore. Chaque interruption devint pour moi une perturbation ; même le quart d'heure où le gardien rangeait ma cellule, les deux minutes qu'il prenait pour me déposer mon repas mettaient au supplice mon impatience fiévreuse ; le soir, il arrivait que ma gamelle fût encore intacte : le jeu m'avait fait oublier de manger. La seule sensation physique que j'eusse ressentie était une soif effroyable.

es muß wohl schon das Fieber dieses ständigen Denkens und Spielens gewesen sein; ich trank die Flasche leer in zwei Zügen und quälte den Wärter um mehr und fühlte dennoch im nächsten Augenblick die Zunge schon trocken im Munde. Schließlich steigerte sich meine Erregung während des Spielens – und ich tat nichts anderes mehr von morgens bis nachts – zu solchem Grade, daß ich nicht einen Augenblick mehr stillzusitzen vermochte; ununterbrochen ging ich, während ich die Partien überlegte, auf und ab, immer schneller und schneller und schneller auf und ab, auf und ab, und immer hitziger, je mehr sich die Entscheidung der Partie näherte; die Gier, zu gewinnen, zu siegen, mich selbst zu besiegen, wurde allmählich zu einer Art Wut, ich zitterte vor Ungeduld, denn immer war dem einen Schach-Ich in mir das andere zu langsam. Das eine trieb das andere an; so lächerlich es Ihnen vielleicht scheint, ich begann mich zu beschimpfen – ›schneller, schneller!‹ oder ›vorwärts, vorwärts!‹ –, wenn das eine Ich in mir mit dem andern nicht rasch genug ripostierte. Selbstverständlich bin ich mir heute ganz im klaren, daß dieser mein Zustand schon eine durchaus pathologische Form geistiger Überreizung war, für die ich eben keinen anderen Namen finde als den bisher medizinisch unbekannten: eine Schachvergiftung. Schließlich begann diese monomanische Besessenheit nicht nur mein Gehirn, sondern auch meinen Körper zu attackieren.

Sans doute était-ce dû à la fièvre que me valaient cette réflexion et ce jeu permanents ; je vidais la bouteille en deux traits, harcelais le gardien pour en avoir encore et sentais pourtant, l'instant d'après, ma langue de nouveau desséchée dans ma bouche. Enfin, mon excitation s'intensifiait au cours du jeu et je ne faisais plus rien d'autre du matin jusqu'à la nuit — au point que je n'étais plus capable de rester assis ; je faisais les cent pas sans interruption tout en réfléchissant aux parties, je marchais de plus en plus vite, dans un sens et dans l'autre, plus brûlant au fur et à mesure qu'approchait l'issue de la partie. Le désir de gagner, de vaincre, de l'emporter sur moi-même, devint peu à peu une sorte de fureur, je tremblais d'impatience — car, pour l'un des joueurs d'échecs qui m'habitaient, l'autre était toujours trop lent. L'un animait l'autre. Si grotesque que cela puisse vous paraître, je me mis à m'invectiver — "Allez, plus vite, plus vite !" ou "En avant, en avant !" — lorsque mon premier moi ne ripostait pas suffisamment vite au second. Bien entendu je sais parfaitement aujourd'hui que mon état était déjà une forme pathologique de surexcitation mentale, forme pour laquelle je ne trouve pas d'autre dénomination que celle-ci, jusqu'ici inconnue de la médecine : une intoxication aux échecs. Pour finir, cette obsession monomaniaque commença à attaquer non seulement mon cerveau, mais aussi mon corps.

Ich magerte ab, ich schlief unruhig und verstört, ich brauchte beim Erwachen jedesmal eine besondere Anstrengung, die bleiernen Augenlider aufzuzwingen; manchmal fühlte ich mich derart schwach, daß, wenn ich ein Trinkglas anfaßte, ich es nur mit Mühe bis zu den Lippen brachte, so zitterten mir die Hände; aber kaum das Spiel begann, überkam mich eine wilde Kraft: ich lief auf und ab mit geballten Fäusten, und wie durch einen roten Nebel hörte ich manchmal meine eigene Stimme, wie sie heiser und böse ›Schach‹ oder ›Matt!‹ sich selber zuschrie.

Wie dieser grauenhafte, dieser unbeschreibbare Zustand der Krise kam, vermag ich selbst nicht zu berichten. Alles, was ich darüber weiß, ist, daß ich eines Morgens aufwachte, und es war ein anderes Erwachen als sonst. Mein Körper war gleichsam abgelöst von mir, ich ruhte weich und wohlig. Eine dichte, gute Müdigkeit, wie ich sie seit Monaten nicht gekannt, lag auf meinen Lidern, lag so warm und wohltätig auf ihnen, daß ich mich zuerst gar nicht entschließen konnte, die Augen aufzutun. Minuten lag ich schon wach und genoß noch diese schwere Dumpfheit, dies laue Liegen mit wollüstig betäubten Sinnen. Auf einmal war mir, als ob ich hinter mir Stimmen hörte, lebendige menschliche Stimmen, die Worte sprachen, und Sie können sich mein Entzücken nicht ausdenken, denn ich hatte doch seit Monaten, seit bald einem Jahr keine anderen Worte gehört als die harten,

Je perdais du poids, mon sommeil était agité et perturbé, il me fallait à chaque réveil produire un effort particulier pour ouvrir mes paupières de plomb ; j'éprouvais parfois une telle faiblesse que, lorsque je prenais un verre, j'avais peine à le porter jusqu'à mes lèvres, tant mes mains tremblaient ; mais à peine le jeu commençait-il qu'une force furieuse s'emparait de moi ; je me mettais à marcher dans la pièce, poings serrés, et comme à travers un brouillard rouge j'entendais parfois ma propre voix se crier à elle-même "Échec !" ou "Mat !".

« Je ne saurais moi-même décrire la manière dont cet état atroce et indescriptible a basculé dans la crise. Tout ce que je sais, c'est qu'un matin ma sortie du sommeil ne se déroula pas comme à l'ordinaire. Mon corps était en quelque sorte détaché de moi, je reposais mollement, voluptueusement. Une lassitude dense et épaisse, comme je n'en avais pas connu depuis des mois, pesait sur mes paupières, si chaude, si bienfaisante que dans un premier temps je fus incapable de me résoudre à ouvrir les yeux. J'étais éveillé depuis plusieurs minutes déjà et je jouissais encore de cette lourde apathie, de cette tiède station allongée dans une délicieuse hébétude des sens. Il me sembla d'un seul coup entendre des voix juste derrière moi, des voix humaines vivantes qui parlaient, et vous ne pouvez pas imaginer mon ravissement, car cela faisait des mois — près d'un an, bientôt — que je n'avais perçu d'autres mots que ceux, durs,

scharfen und bösen von der Richterbank. ›Du träumst‹, sagte ich mir. ›Du träumst! Tu keinesfalls die Augen auf! Laß ihn noch dauern, diesen Traum, sonst siehst du wieder die verfluchte Zelle um dich, den Stuhl und den Waschtisch und die Tapete mit dem ewig gleichen Muster. Du träumst – träume weiter!‹

Aber die Neugier behielt die Oberhand. Ich schlug langsam und vorsichtig die Lider auf. Und Wunder: es war ein anderes Zimmer, in dem ich mich befand, ein Zimmer, breiter, geräumiger als meine Hotelzelle. Ein ungegittertes Fenster ließ freies Licht herein und einen Blick auf die Bäume, grüne, im Wind wogende Bäume statt meiner starren Feuermauer, weiß und glatt glänzten die Wände, weiß und hoch hob sich über mir die Decke – wahrhaftig, ich lag in einem neuen, einem fremden Bett, und wirklich, es war kein Traum, hinter mir flüsterten leise menschliche Stimmen. Unwillkürlich muß ich mich in meiner Überraschung heftig geregt haben, denn schon hörte ich hinter mir einen nahenden Schritt. Eine Frau kam weichen Gelenks heran, eine Frau mit weißer Haube über dem Haar, eine Pflegerin, eine Schwester. Ein Schauer des Entzückens fiel über mich: ich hatte seit einem Jahr keine Frau gesehen. Ich starrte die holde Erscheinung an, und es muß ein wilder, ekstatischer Aufblick gewesen sein, denn ›Ruhig! Bleiben Sie ruhig!‹ beschwichtigte mich dringlich die Nahende.

tranchants et méchants, de mes bourreaux. "Tu rêves", me dis-je. "Tu rêves ! N'ouvre les yeux en aucun cas. Laisse-le encore durer, ce rêve, sans quoi tu verras de nouveau cette maudite cellule autour de toi, la chaise, le lavabo, la table et le papier peint avec ses sempiternels motifs. Continue à rêver !"

« Mais la curiosité l'emporta. Lentement, prudemment, j'ouvris les paupières. Et, miracle, je me trouvais dans une autre chambre, plus vaste, plus spacieuse que ma cellule à l'hôtel. Une fenêtre sans barreaux laissait librement entrer la lumière et offrait une vue sur des arbres, des arbres verts, ondoyant dans le vent, à la place de mon inamovible mur coupe-feu, les parois de la chambre étaient blanches et lisses, le plafond s'élevait bien au-dessus de moi — c'était donc vrai, j'étais dans un nouveau lit, un lit inconnu, et véritablement, ce n'était pas un rêve, des voix humaines chuchotaient derrière moi. Ma surprise avait dû m'arracher un vif mouvement d'émotion, car j'entendis aussitôt un pas derrière moi. Une femme s'approcha d'une démarche souple, elle portait une coiffe blanche sur la tête : une infirmière. Un frisson de ravissement me parcourut : cela faisait plus d'un an que je n'avais pas vu une femme. J'observai fixement cette gracieuse apparition, et ce regard était certainement sauvage, extatique, car l'infirmière me calma aussitôt d'une voix pressante : "Calme ! Restez calme !"

Ich aber lauschte nur auf ihre Stimme – war das nicht ein Mensch, der sprach? Gab es wirklich noch auf Erden einen Menschen, der mich nicht verhörte, nicht quälte? Und dazu noch – unfaßbares Wunder! – eine weiche, warme, eine fast zärtliche Frauenstimme. Gierig starrte ich auf ihren Mund, denn es war mir in diesem Höllenjahr unwahrscheinlich geworden, daß ein Mensch gütig zu einem andern sprechen könnte. Sie lächelte mir zu – ja, sie lächelte, es gab noch Menschen, die gütig lächeln konnten –, dann legte sie den Finger mahnend auf die Lippen und ging leise weiter. Aber ich konnte ihrem Gebot nicht gehorchen. Ich hatte mich noch nicht sattgesehen an dem Wunder. Gewaltsam versuchte ich mich in dem Bette aufzurichten, um ihr nachzublicken, diesem Wunder eines menschlichen Wesens nachzublicken, das gütig war. Aber wie ich mich am Bettrande aufstützen wollte, gelang es mir nicht. Wo sonst meine rechte Hand gewesen, Finger und Gelenk, spürte ich etwas Fremdes, einen dicken, großen, weißen Bausch, offenbar einen umfangreichen Verband. Ich staunte dieses Weiße, Dicke, Fremde an meiner Hand zuerst verständnislos an, dann begann ich langsam zu begreifen, wo ich war, und zu überlegen, was mit mir geschehen sein mochte. Man mußte mich verwundet haben, oder ich hatte mich selbst an der Hand verletzt. Ich befand mich in einem Hospital.

Mais moi je ne faisais qu'écouter sa voix — n'était-ce pas un être humain qui parlait ? Existait-il vraiment sur cette terre un être qui ne fût pas là pour m'interroger, pour me tourmenter ? Et c'était qui plus est — incroyable miracle ! — une voix de femme, moelleuse, chaude, presque tendre. J'observai sa bouche avec ferveur car, au cours de cette année d'enfer, il m'était devenu invraisemblable qu'une personne pût s'adresser à une autre avec bonté. Elle me sourit — oui, elle me sourit, il y avait encore des gens capables de sourire gentiment —, puis elle posa un doigt sur ses lèvres, comme pour me mettre en garde, et repartit en silence. Mais je ne pus obéir à son ordre. Je ne m'étais pas encore rassasié de ce spectacle miraculeux. Je tentai brutalement de me redresser dans mon lit pour suivre des yeux ce prodige qu'était une créature humaine bienveillante. Mais lorsque je voulus m'asseoir sur le bord du lit, je n'y parvins pas. Là où s'étaient trouvés jusque-là ma main droite, mes doigts et mon poignet, je sentis quelque chose d'inconnu, un gros et grand tampon blanc, manifestement un pansement de grande taille. Je commençai par regarder avec étonnement cette chose blanche, épaisse et étrangère qui me couvrait la main, puis à comprendre lentement où je me trouvais et à me demander ce qui avait bien pu m'arriver. On avait dû me blesser, ou bien je m'étais entaillé la main tout seul. Je me trouvais dans un hôpital.

Mittags kam der Arzt, ein freundlicher älterer Herr. Er kannte den Namen meiner Familie und erwähnte derart respektvoll meinen Onkel, den kaiserlichen Leibarzt, daß mich sofort das Gefühl überkam, er meine es gut mit mir. Im weiteren Verlauf richtete er allerhand Fragen an mich, vor allem eine, die mich erstaunte – ob ich Mathematiker sei oder Chemiker. Ich verneinte.

›Sonderbar‹, murmelte er. ›Im Fieber haben Sie immer so sonderbare Formeln geschrien – c3, c4. Wir haben uns alle nicht ausgekannt.‹

Ich erkundigte mich, was mit mir vorgegangen sei. Er lächelte merkwürdig.

›Nichts Ernstliches. Eine akute Irritation der Nerven‹, und fügte, nachdem er sich zuvor vorsichtig umgeblickt hatte, leise bei: ›Schließlich eine recht verständliche. Seit dem 13. März, nicht wahr?‹

Ich nickte.

›Kein Wunder bei dieser Methode‹, murmelte er. ›Sie sind nicht der erste. Aber sorgen Sie sich nicht.‹

An der Art, wie er mir dies beruhigend zuflüsterte, und dank seines begütigenden Blickes wußte ich, daß ich bei ihm gut geborgen war.

Zwei Tage später erklärte mir der gütige Doktor ziemlich freimütig, was vorgefallen war.

« À midi vint le médecin, un aimable vieux monsieur. Il connaissait le nom de ma famille et mentionna mon oncle, le médecin personnel de l'empereur, avec un tel respect que j'eus immédiatement le sentiment que cet homme me voulait du bien. Par la suite il me posa toutes sortes de questions, notamment une qui m'étonna : étais-je par hasard mathématicien, ou encore chimiste ? Je répondis par la négative.

« "Voilà qui est singulier, marmonna-t-il. Dans votre fièvre vous n'avez cessé de crier de drôles de formules — c3, c4. Aucun de nous ne s'y est retrouvé."

« Je lui demandai ce qui m'était arrivé. Il eut un curieux sourire.

« "Rien de sérieux. Une irritation aiguë du système nerveux." Puis, après un prudent regard à la ronde, il ajouta à voix basse : "Et au bout du compte une irritation fort compréhensible. Depuis le 13 mars, n'est-ce pas ?"

« J'acquiesçai.

« "Rien d'étonnant avec cette méthode, grommela-t-il. Vous n'êtes pas le premier. Mais ne vous inquiétez pas."

« À la manière dont il me chuchota ces mots tranquillisants, et grâce à son regard bienveillant, je sus que j'étais en sécurité chez lui.

« Deux jours plus tard, le bon docteur m'expliqua assez franchement ce qui était arrivé.

Der Wärter hatte mich in meiner Zelle laut schreien gehört und zunächst geglaubt, daß jemand eingedrungen sei, mit dem ich streite. Kaum er sich aber an der Tür gezeigt, hatte ich mich auf ihn gestürzt und ihn mit wilden Ausrufen angeschrien, die ähnlich klangen wie: ›Zieh schon einmal, du Schuft, du Feigling!‹, ihn bei der Gurgel zu fassen gesucht und schließlich so wild angefallen, daß er um Hilfe rufen mußte. Als man mich in meinem tollwütigen Zustand dann zur ärztlichen Untersuchung schleppte, hätte ich mich plötzlich losgerissen, auf das Fenster im Gang gestürzt, die Scheibe eingeschlagen und mir dabei die Hand zerschnitten – Sie sehen noch die tiefe Narbe hier. Die ersten Nächte im Hospital hatte ich in einer Art Gehirnfieber verbracht, aber jetzt finde er mein Sensorium völlig klar. ›Freilich‹, fügte er leise bei, ›werde ich das lieber nicht den Herrschaften melden, sonst holt man Sie am Ende noch einmal dorthin zurück. Verlassen Sie sich auf mich, ich werde mein Bestes tun.‹

Was dieser hilfreiche Arzt meinen Peinigern über mich berichtet hat, entzieht sich meiner Kenntnis. Jedenfalls erreichte er, was er erreichen wollte: meine Entlassung. Mag sein, daß er mich als unzurechnungsfähig erklärt hat, oder vielleicht war ich inzwischen schon der Gestapo unwichtig geworden, denn Hitler hatte seitdem Böhmen besetzt, und damit war der Fall Österreich für ihn erledigt.

Le garde m'avait entendu crier dans ma cellule et avait d'abord cru que quelqu'un s'y était introduit et que je me disputais avec lui. Mais à peine était-il apparu au seuil de la porte que je m'étais jeté sur lui en lui lançant de furieuses invectives qui ressemblaient à peu près à ceci : "Joue donc, espèce de canaille, fainéant!" J'avais tenté de le saisir à la gorge et je m'en étais finalement pris à lui avec une telle sauvagerie qu'il avait dû appeler du secours. Puis, lorsque, toujours enragé, on m'avait emmené pour un examen médical, je m'étais soudain libéré, je m'étais précipité sur la fenêtre du couloir, avais cassé la vitre et m'étais coupé la main — voyez, j'en ai gardé cette profonde cicatrice, ici. J'avais passé les premières nuits à l'hôpital sous l'emprise d'une sorte de fièvre cérébrale, expliqua le médecin, mais tous mes sens étaient désormais revenus à la normale. "Toutefois, ajouta-t-il à voix basse, je préfère ne pas en informer ces messieurs, sans quoi l'on va finir par vous y ramener. Fiez-vous à moi, je vais faire de mon mieux."

« J'ignore ce que ce médecin secourable a dit de moi à mes bourreaux, en tout cas il a obtenu ce qu'il voulait : ma libération. Il est possible qu'il m'ait déclaré irresponsable, à moins que la Gestapo n'ait entre-temps considéré que je n'avais plus d'importance, Hitler ayant depuis occupé la Bohême, ce qui, à ses yeux, réglait le cas de l'Autriche.

So brauchte ich nur die Verpflichtung zu unterzeichnen, unsere Heimat innerhalb von vierzehn Tagen zu verlassen, und diese vierzehn Tage waren dermaßen erfüllt mit all den tausend Formalitäten, die heutzutage der einstmalige Weltbürger zu einer Ausreise benötigt – Militärpapiere, Polizei, Steuer, Paß, Visum, Gesundheitszeugnis –, daß ich keine Zeit hatte, über das Vergangene viel nachzusinnen. Anscheinend wirken in unserem Gehirn geheimnisvoll regulierende Kräfte, die, was der Seele lästig und gefährlich werden kann, selbsttätig ausschalten, denn immer, wenn ich zurückdenken wollte an meine Zellenzeit, erlosch gewissermaßen in meinem Gehirn das Licht; erst nach Wochen und Wochen, eigentlich erst hier auf dem Schiff, fand ich wieder den Mut, mich zu besinnen, was mir geschehen war.

Und nun werden Sie begreifen, warum ich mich so ungehörig und wahrscheinlich unverständlich Ihren Freunden gegenüber benommen. Ich schlenderte doch nur ganz zufällig durch den Rauchsalon, als ich Ihre Freunde vor dem Schachbrett sitzen sah; unwillkürlich fühlte ich den Fuß angewurzelt vor Staunen und Schrecken. Denn ich hatte total vergessen, daß man Schach spielen kann an einem wirklichen Schachbrett und mit wirklichen Figuren, vergessen, daß bei diesem Spiel zwei völlig verschiedene Menschen einander leibhaftig gegenübersitzen. Ich brauchte wahrhaftig ein paar Minuten, um mich zu erinnern, daß, was

Je n'eus qu'à m'engager par écrit à quitter notre patrie sous quinzaine, et ces deux semaines furent tellement occupées par les mille formalités que le citoyen du monde doit aujourd'hui accomplir pour quitter son pays — papiers militaires, police, fisc, passeport, visa, certificat médical — que je n'eus pas le temps de beaucoup réfléchir au passé. Notre cerveau est manifestement régulé par de mystérieuses forces qui annihilent automatiquement ce qui pourrait devenir pesant et dangereux pour l'âme car, à chaque fois que je voulais repenser à ma période en cellule, la lumière s'éteignait en quelque sorte dans mon esprit. C'est seulement des semaines et des semaines plus tard — en réalité seulement à mon arrivée ici, dans le bateau — que j'ai retrouvé le courage de songer à ce qui m'était arrivé.

« Et vous allez à présent comprendre pourquoi je me suis comporté d'une manière tellement déplacée, et probablement incompréhensible, à l'égard de vos amis. Je me promenais tout à fait par hasard dans le fumoir lorsque je les ai vus installés devant l'échiquier ; j'ai été saisi d'étonnement et d'effroi. Car j'avais totalement oublié que l'on peut jouer aux échecs sur un véritable échiquier et avec de véritables pièces, oublié que dans ce jeu deux personnes totalement différentes se font face en chair et en os. Il me fallut vraiment quelques minutes pour me rappeler que ce que

diese Spieler dort taten, im Grunde dasselbe Spiel war, das ich in meiner Hilflosigkeit monatelang gegen mich selbst versucht. Die Chiffren, mit denen ich mich beholfen während meiner grimmigen Exerzitien, waren doch nur Ersatz gewesen und Symbol für diese beinernen Figuren; meine Überraschung, daß dieses Figurenrücken auf dem Brett dasselbe sei wie mein imaginäres Phantasieren im Denkraum, mochte vielleicht der eines Astronomen ähnlich sein, der sich mit den komplizierten Methoden auf dem Papier einen neuen Planeten errechnet hat und ihn dann wirklich am Himmel erblickt als einen weißen, klaren, substantiellen Stern. Wie magnetisch festgehalten starrte ich auf das Brett und sah dort meine Diagramme – Pferd, Turm, König, Königin und Bauern als reale Figuren, aus Holz geschnitzt; um die Stellung der Partie zu überblicken, mußte ich sie unwillkürlich erst zurückmutieren aus meiner abstrakten Ziffernwelt in die der bewegten Steine. Allmählich überkam mich die Neugier, ein solches reales Spiel zwischen zwei Partnern zu beobachten. Und da passierte das Peinliche, daß ich, alle Höflichkeit vergessend, mich einmengte in Ihre Partie. Aber dieser falsche Zug Ihres Freundes traf mich wie ein Stich ins Herz. Es war eine reine Instinkthandlung, daß ich ihn zurückhielt, ein impulsiver Zugriff,

pratiquaient ces joueurs était au fond le même jeu que celui auquel, dans mon désarroi, je m'étais livré des mois durant contre moi-même. Les formules abstraites dont je m'étais contenté pendant mes exercices portés par la colère n'avaient été que des succédanés et des symboles pour ces figurines en ivoire ; la surprise de voir que ces déplacements de pièces sur l'échiquier étaient identiques à ceux que j'avais imaginés dans l'espace mental était peut-être analogue à celle d'un astronome qui, après avoir calculé sur le papier, en usant des méthodes les plus complexes, la position d'une nouvelle planète la voit ensuite réellement, dans le ciel, comme une étoile blanche, claire et concrète. Comme retenu par une force magnétique, je regardais fixement l'échiquier et j'y voyais mes schémas, le cheval, la tour, le roi, la reine et les pions, devenus des figures réelles taillées dans le bois ; pour avoir un regard d'ensemble sur la partie, je dus malgré moi l'arracher au monde chiffré et abstrait qui avait été le mien et la faire revenir aux pièces que l'on déplaçait. Je fus peu à peu saisi par la curiosité que m'inspirait le spectacle d'un jeu réel entre deux adversaires. C'est alors que s'est déroulé cet épisode gênant au cours duquel, oubliant toute courtoisie, je me suis immiscé dans votre partie. Mais le coup erroné joué par votre ami m'avait atteint comme une pique en plein cœur. C'est par pur instinct que je l'ai retenu : un geste impulsif,

wie man, ohne zu überlegen, ein Kind faßt, das sich über ein Geländer beugt. Erst später wurde mir die grobe Ungehörigkeit klar, deren ich mich durch meine Vordringlichkeit schuldig gemacht.«

Ich beeilte mich, Dr. B. zu versichern, wie sehr wir uns alle freuten, diesem Zufall seine Bekanntschaft zu verdanken, und daß es für mich nach all dem, was er mir anvertraut, nun doppelt interessant sein werde, ihm morgen bei dem improvisierten Turnier zusehen zu dürfen. Dr. B. machte eine unruhige Bewegung.

»Nein, erwarten Sie wirklich nicht zu viel. Es soll nichts als eine Probe für mich sein... eine Probe, ob ich... ob ich überhaupt fähig bin, eine normale Schachpartie zu spielen, eine Partie auf einem wirklichen Schachbrett mit faktischen Figuren und einem lebendigen Partner... denn ich zweifle jetzt immer mehr daran, ob jene Hunderte und vielleicht Tausende Partien, die ich gespielt habe, tatsächlich regelrechte Schachpartien waren und nicht bloß eine Art Traumschach, ein Fieberschach, ein Fieberspiel, in dem wie immer im Traum Zwischenstufen übersprungen wurden. Sie werden mir doch hoffentlich nicht im Ernst zumuten, daß ich mir anmaße, einem Schachmeister, und gar dem ersten der Welt, Paroli bieten zu können. Was mich interessiert und integriert,

semblable à celui qu'on fait sans réfléchir pour attraper un enfant qui se penche au-dessus d'une balustrade. C'est seulement après que j'ai pris conscience de la grossière inconvenance dont j'avais fait preuve en me montrant ainsi importun. »

Je me hâtai d'assurer Me B. que nous nous réjouissions tous beaucoup que ce hasard nous ait donné l'occasion de faire sa connaissance, et qu'après tout ce qu'il venait de me confier il serait doublement intéressant, pour moi, de pouvoir le regarder jouer le lendemain lors de ce tournoi improvisé. Me B. fit un geste nerveux.

« Non, n'en attendez vraiment pas trop. Pour moi, ça doit être une simple vérification... Il s'agit de vérifier si je... si je suis capable de jouer une partie d'échecs normale, une partie sur un véritable échiquier avec des pièces réelles et un partenaire vivant... car je doute de plus en plus, désormais, que ces centaines et peut-être milliers de parties que j'ai jouées aient effectivement été des parties d'échecs en bonne et due forme, et pas seulement une variante onirique des échecs sous l'emprise de la fièvre, un jeu fébrile dans lequel, comme dans tous les rêves, on saute les étapes intermédiaires. J'espère que vous ne me croirez pas sérieusement capable de tenir tête à un maître d'échecs, et *a fortiori* au champion du monde. La seule chose qui m'intéresse et qui m'intrigue,

ist einzig die posthume Neugier, festzustellen, ob das in der Zelle damals noch Schachspiel oder schon Wahnsinn gewesen, ob ich damals noch knapp vor oder schon jenseits der gefährlichen Klippe mich befand – nur dies, nur dies allein.«

Vom Schiffsende tönte in diesem Augenblick der Gong, der zum Abendessen rief. Wir mußten – Dr. B. hatte mir alles viel ausführlicher berichtet, als ich es hier zusammenfasse – fast zwei Stunden verplaudert haben. Ich dankte ihm herzlich und verabschiedete mich. Aber noch war ich nicht das Deck entlang, so kam er mir schon nach und fügte schließlich nervös und sogar etwas stottrig bei:

»Noch eines! Wollen Sie den Herren gleich im voraus ausrichten, damit ich nachträglich nicht unhöflich erscheine; ich spiele nur eine einzige Partie... sie soll nichts als der Schlußstrich unter eine alte Rechnung sein – eine endgültige Erledigung und nicht ein neuer Anfang... Ich möchte nicht ein zweites Mal in dieses leidenschaftliche Spielfieber geraten, an das ich nur mit Grauen zurückdenken kann... und übrigens... übrigens hat mich damals auch der Arzt gewarnt... ausdrücklich gewarnt. Jeder, der einer Manie verfallen war, bleibt für immer gefährdet, und mit einer – wenn auch ausgeheilten – Schachvergiftung soll man besser keinem Schachbrett nahekommen... Also Sie verstehen – nur diese eine Probepartie für mich selbst und nicht mehr.«

c'est une sorte de curiosité posthume à l'idée de vérifier si ce que j'ai pratiqué à l'époque dans ma cellule relevait encore des échecs ou déjà de la folie, si, à l'époque, je me trouvais encore au bord d'une dangereuse falaise ou déjà de l'autre côté — c'est juste cela, cela uniquement. »

Au même instant retentit depuis l'extrémité du navire le gong qui appelait au dîner. Me B. m'avait raconté tout cela beaucoup plus en détail que ce que je résume ici, et nous avions dû bavarder pendant près de deux heures. Je le remerciai chaleureusement et pris congé. Mais je n'avais pas encore atteint le bout du pont qu'il me rattrapa et ajouta, visiblement nerveux et même un peu fébrile :

« Une chose encore : voulez-vous en informer ces messieurs par avance, pour que je ne paraisse pas discourtois après coup : je ne jouerai qu'une seule partie... elle ne sera que le trait tiré en bas d'une vieille addition — une liquidation définitive, et pas un nouveau commencement... Je n'aimerais pas retomber une deuxième fois dans cette fièvre passionnée du jeu, à laquelle je ne repense qu'avec effroi... et d'ailleurs... d'ailleurs, le médecin m'a mis en garde, lui aussi, à l'époque... mis en garde explicitement. Toute personne qui a un jour succombé à une manie demeure définitivement en danger et, quand on a souffert d'une intoxication aux échecs — même si elle a été guérie —, mieux vaut ne plus s'approcher d'un échiquier. Bref, vous me comprenez : juste cette unique partie à titre de test pour moi-même, et pas plus. »

Pünktlich um die vereinbarte Stunde, drei Uhr, waren wir am nächsten Tag im Rauchsalon versammelt. Unsere Runde hatte sich noch um zwei Liebhaber der königlichen Kunst vermehrt, zwei Schiffsoffiziere, die sich eigens Urlaub vom Borddienst erbaten, um dem Turnier zusehen zu können. Auch Czentovic ließ nicht wie am vorhergehenden Tag auf sich warten, und nach der obligaten Wahl der Farben begann die denkwürdige Partie dieses Homo obscurissimus gegen den berühmten Weltmeister. Es tut mir leid, daß sie nur für uns durchaus unkompetente Zuschauer gespielt wurde und ihr Ablauf für die Annalen der Schachkunde ebenso verloren ist wie Beethovens Klavierimprovisationen für die Musik. Zwar haben wir an den nächsten Nachmittagen versucht, die Partie gemeinsam aus dem Gedächtnis zu rekonstruieren, aber vergeblich; wahrscheinlich hatten wir alle während des Spiels zu passioniert auf die beiden Spieler statt auf den Gang des Spiels geachtet. Denn der geistige Gegensatz im Habitus der beiden Partner wurde im Verlauf der Partie immer mehr körperlich plastisch. Czentovic, der Routinier, blieb während der ganzen Zeit unbeweglich wie ein Block, die Augen streng und starr auf das Schachbrett gesenkt; Nachdenken schien bei ihm eine geradezu physische Anstrengung, die alle seine Organe zu äußerster Konzentration nötigte. Dr. B. dagegen bewegte sich vollkommen locker und unbefangen.

Le lendemain, à l'heure convenue, trois heures précises, nous étions réunis dans le fumoir. À notre cercle s'étaient encore ajoutés deux amateurs de l'art royal, deux officiers de bord qui avaient demandé à être suspendus de leur service pour pouvoir assister au tournoi. Comme les journées précédentes, Czentovic se fit attendre, et après le choix des couleurs, comme le voulait la règle, commença la mémorable partie de cet *homo obscurissimus* contre le fameux champion du monde. Je suis navré qu'elle n'ait eu d'autre public que nous, spectateurs tout à fait incompétents, et que son cours ait été perdu pour les annales de l'art des échecs, comme les improvisations de Beethoven au piano l'ont été pour la musique. Au cours des après-midi suivants, nous avons certes tenté de rejouer la partie ensemble, de mémoire, mais ce fut en vain : nous avions probablement tous regardé avec trop de passion les joueurs plutôt que la marche du jeu. Car le contraste mental entre les deux adversaires s'exprima de plus en plus physiquement au cours de la partie. Czentovic, le routinier, demeura d'un bout à l'autre immobile comme un bloc, les yeux sévèrement et fixement baissés sur l'échiquier. La réflexion semblait être chez lui un effort pratiquement physique qui imposait à tous ses organes la plus extrême concentration. Me B., pour sa part, se comportait d'une manière totalement détendue et naturelle.

Als der rechte Dilettant im schönsten Sinne des Wortes, dem im Spiel nur das Spiel, das ›diletto‹ Freude macht, ließ er seinen Körper völlig entspannt, plauderte während der ersten Pausen erklärend mit uns, zündete sich mit leichter Hand eine Zigarette an und blickte immer nur gerade, wenn an ihn die Reihe kam, eine Minute auf das Brett. Jedesmal hatte es den Anschein, als hätte er den Zug des Gegners schon im voraus erwartet.

Die obligaten Eröffnungszüge ergaben sich ziemlich rasch. Erst beim siebenten oder achten schien sich etwas wie ein bestimmter Plan zu entwickeln. Czentovic verlängerte seine Überlegungspausen; daran spürten wir, daß der eigentliche Kampf um die Vorhand einzusetzen begann. Aber um der Wahrheit die Ehre zu geben, bedeutete die allmähliche Entwicklung der Situation wie jede richtige Turnierpartie für uns Laien eine ziemliche Enttäuschung. Denn je mehr sich die Figuren zu einem sonderbaren Ornament ineinander verflochten, um so undurchdringlicher wurde für uns der eigentliche Stand. Wir konnten weder wahrnehmen, was der eine Gegner noch was der andere beabsichtigte, und wer von den beiden sich eigentlich im Vorteil befand. Wir merkten bloß, daß sich die einzelnen Figuren wie Hebel verschoben, um die feindliche Front aufzusprengen, aber wir vermochten nicht, da bei diesen überlegenen Spielern jede Bewegung immer auf mehrere Züge vorauskombiniert war –,

Véritable dilettante, au plus beau sens du mot — celui qui, dans le jeu, ne prend de plaisir qu'au jeu, au « *diletto* » —, il était parfaitement décontracté, il bavarda avec nous pendant les premières pauses en nous expliquant la partie, allumait une cigarette d'une main légère et se contentait de regarder l'échiquier une minute quand venait son tour. À chaque fois, il donnait l'impression de s'être attendu au coup de l'adversaire.

Les coups d'ouverture de rigueur furent assez rapides. Il fallut attendre le septième ou le huitième pour qu'une sorte de plan déterminé semble se mettre en place. Czentovic rallongea ses pauses de réflexion ; nous sentîmes ainsi que le véritable combat pour la domination commençait à s'engager. Mais, pour être fidèle à la vérité, le développement progressif de la situation constitua, comme toute véritable partie de tournoi, une certaine déception pour les non-initiés que nous étions. Car au fur et à mesure que les figures s'imbriquaient les unes dans les autres en un singulier motif ornemental, l'état réel de la partie nous devenait impénétrable. Nous ne pouvions ni percevoir les intentions des deux adversaires, ni savoir lequel des deux était au juste en position de force. Nous remarquions seulement que les différents personnages glissaient en avant comme des leviers pour faire éclater le front adverse, mais nous ne pouvions pas — dès lors que chaque mouvement effectué par ces joueurs supérieurs était toujours combiné sur plusieurs coups à l'avance —

die strategische Absicht in diesem Hin und Wider zu erfassen. Dazu gesellte sich allmählich eine lähmende Ermüdung, die hauptsächlich durch die endlosen Überlegungspausen Czentovics verschuldet war, die auch unseren Freund sichtlich zu irritieren begannen. Ich beobachtete beunruhigt, wie er, je länger die Partie sich hinzog, immer unruhiger auf seinem Sessel herumzurutschen begann, bald aus Nervosität eine Zigarette nach der anderen anzündend, bald nach dem Bleistift greifend, um etwas zu notieren. Dann wieder bestellte er ein Mineralwasser, das er Glas um Glas hastig hinabstürzte; es war offenbar, daß er hundertmal schneller kombinierte als Czentovic. Jedesmal, wenn dieser nach endlosem Überlegen sich entschloß, mit seiner schweren Hand eine Figur vorwärtszurücken, lächelte unser Freund nur wie jemand, der etwas lang Erwartetes eintreffen sieht, und ripostierte bereits. Er mußte mit seinem rapid arbeitenden Verstand im Kopf alle Möglichkeiten des Gegners vorausberechnet haben; je länger darum Czentovics Entschließung sich verzögerte, um so mehr wuchs seine Ungeduld, und um seine Lippen preßte sich während des Wartens ein ärgerlicher und fast feindseliger Zug. Aber Czentovic ließ sich keineswegs drängen. Er überlegte stur und stumm und pausierte immer länger, je mehr sich das Feld von Figuren entblößte. Beim zweiundvierzigsten Zuge, nach geschlagenen zweidreiviertel Stunden,

discerner l'intention stratégique qui guidait ces va-et-vient. À cela s'ajouta peu à peu une lassitude paralysante, due pour l'essentiel aux interminables pauses que Czentovic prenait pour réfléchir et qui commençaient aussi, visiblement, à irriter notre ami. Je vis avec inquiétude que plus la partie s'éternisait, plus il se trémoussait sur son siège, tantôt en allumant une cigarette après l'autre, tantôt en prenant des notes au crayon noir. Puis il commanda une nouvelle bouteille d'eau minérale qu'il engloutit à la hâte, verre après verre ; il était manifeste qu'il calculait ses combinaisons cent fois plus vite que Czentovic. À chaque fois qu'après cet interminable temps de réflexion celui-ci se décidait à pousser, de sa main lourde, une pièce vers l'avant, notre ami se contentait de sourire comme quelqu'un qui voit arriver quelque chose qu'il attend depuis longtemps, et ripostait aussitôt. La rapidité avec laquelle fonctionnait sa raison lui avait forcément permis de calculer à l'avance toutes les possibilités de l'adversaire ; plus la décision de Czentovic se faisait attendre, plus son impatience grandissait, et un trait d'agacement, presque d'hostilité, se dessinait sur ses lèvres pincées. Mais Czentovic ne se laissait pas bousculer. Il réfléchissait obstinément, sans rien dire, et faisait des pauses de plus en plus longues au fur et à mesure que l'échiquier se dépouillait de ses figures. Au quarante-deuxième coup, après deux heures et trois quarts bien sonnés,

saßen wir schon alle ermüdet und beinahe teilnahmslos um den Turniertisch. Einer der Schiffsoffiziere hatte sich bereits entfernt, ein anderer ein Buch zur Lektüre genommen und blickte nur bei jeder Veränderung für einen Augenblick auf. Aber da geschah plötzlich bei einem Zuge Czentovics das Unerwartete. Sobald Dr. B. merkte, daß Czentovic den Springer faßte, um ihn vorzuziehen, duckte er sich zusammen wie eine Katze vor dem Ansprung. Sein ganzer Körper begann zu zittern, und kaum hatte Czentovic den Springerzug getan, schob er scharf die Dame vor, sagte laut triumphierend: »So! Erledigt!«, lehnte sich zurück, kreuzte die Arme über der Brust und sah mit herausforderndem Blick auf Czentovic. Ein heißes Licht glomm plötzlich in seiner Pupille.

Unwillkürlich beugten wir uns über das Brett, um den so triumphierend angekündigten Zug zu verstehen. Auf den ersten Blick war keine direkte Bedrohung sichtbar. Die Äußerung unseres Freundes mußte sich also auf eine Entwicklung beziehen, die wir kurzdenkenden Dilettanten noch nicht errechnen konnten. Czentovic war der einzige unter uns, der sich bei jener herausfordernden Ankündigung nicht gerührt hatte; er saß so unerschütterlich, als ob er das beleidigende ›Erledigt!‹ völlig überhört hätte. Nichts geschah. Man hörte, da wir alle unwillkürlich den Atem anhielten,

nous étions tous fatigués et presque indifférents autour de la table de la partie. L'un des officiers de marine nous avait déjà abandonnés, un autre avait pris un livre et ne le quittait des yeux que pour un instant lorsqu'une modification se produisait. C'est alors que, subitement, sur un coup de Czentovic, survint l'inattendu. Dès que Me B. remarqua que Czentovic attrapait le cavalier pour le faire progresser vers l'avant, il se ramassa sur lui-même comme un chat avant de bondir. Tout son corps se mit à trembler, et à peine Czentovic avait-il joué son coup que lui-même fit avancer la dame d'un geste vif et lança d'une voix forte et triomphale : « Voilà ! Liquidé ! » Puis il s'adossa à son siège, croisa les bras sur la poitrine et lança à Czentovic un regard de défi. Une lueur brûlante brilla soudain dans sa pupille.

Nous nous penchâmes instinctivement sur l'échiquier, pour comprendre ce coup annoncé avec de tels accents de triomphe. Au premier regard, aucune menace directe n'était visible. Les propos de notre ami devaient donc se rapporter à un développement que nous, dilettantes à courte vue, ne pouvions pas encore calculer. Czentovic avait été le seul d'entre nous à ne pas avoir bronché en entendant cette annonce provocatrice ; il était toujours assis, aussi inébranlable que si ce mot, « liquidé », lui était passé bien au-dessus de la tête. Rien ne se produisit. Comme nous retenions tous notre souffle, on entendit

mit einemmal das Ticken der Uhr, die man zur Feststellung der Zugzeit auf den Tisch gelegt hatte. Es wurden drei Minuten, sieben Minuten, acht Minuten – Czentovic rührte sich nicht, aber mir war, als ob sich von einer inneren Anstrengung seine dicken Nüstern noch breiter dehnten. Unserem Freunde schien dieses stumme Warten ebenso unerträglich wie uns selbst. Mit einem Ruck stand er plötzlich auf und begann im Rauchzimmer auf und ab zu gehen, erst langsam, dann schneller und immer schneller. Alle blickten wir ihm etwas verwundert zu, aber keiner beunruhigter als ich, denn mir fiel auf, daß seine Schritte trotz aller Heftigkeit dieses Auf und Ab immer nur die gleiche Spanne Raum ausmaßen; es war, als ob er jedesmal mitten im leeren Zimmer an eine unsichtbare Schranke stieße, die ihn nötigte umzukehren. Und schaudernd erkannte ich, es reproduzierte unbewußt dieses Auf und Ab das Ausmaß seiner einstmaligen Zelle: genau so mußte er in den Monaten des Eingesperrtseins auf und ab gerannt sein wie ein eingesperrtes Tier im Käfig, genau so die Hände verkrampft und die Schultern eingeduckt; so und nur so mußte er dort tausendmal auf und nieder gelaufen sein, die roten Lichter des Wahnsinns im starren und doch fiebernden Blick. Aber noch schien sein Denkvermögen völlig intakt,

soudain le tic-tac de l'horloge que l'on avait posée sur la table pour établir le temps pris par chaque coup. Elle indiqua trois minutes, sept minutes, huit minutes. Czentovic ne bronchait pas, mais j'eus l'impression que sous la pression de l'effort mental ses narines épaisses s'élargissaient encore. Cette attente muette parut aussi insupportable à notre ami qu'à nous-mêmes. D'un coup, il se leva et commença à faire les cent pas dans le fumoir, d'abord lentement puis de plus en plus vite. Nous levâmes tous les yeux vers lui, un peu étonnés, mais aucun n'était plus inquiet que moi ; je remarquai en effet que ses pas, en dépit de la violence de cette déambulation, ne faisaient qu'arpenter les mêmes intervalles ; on aurait dit qu'à chaque fois, dans cette pièce vide, il se heurtait à une barrière invisible qui le forçait à rebrousser chemin. Et je compris avec un frisson que ces va-et-vient reproduisaient inconsciemment les dimensions de son ancienne cellule ; c'est exactement ainsi qu'il avait dû courir de part et d'autre de ses murs au cours de ses mois d'enfermement, comme un animal en cage, exactement de cette manière-là, les mains crispées, les épaules rentrées ; c'est ainsi, et ainsi uniquement qu'il avait dû arpenter la pièce dans un sens et dans l'autre, les lueurs rouges de la folie dans son regard fixe et pourtant enfiévré. Ses capacités intellectuelles paraissaient toutefois parfaitement intactes,

denn von Zeit zu Zeit wandte er sich ungeduldig dem Tisch zu, ob Czentovic sich inzwischen schon entschieden hätte. Aber es wurden neun, es wurden zehn Minuten. Dann endlich geschah, was niemand von uns erwartet hatte. Czentovic hob langsam seine schwere Hand, die bisher unbeweglich auf dem Tisch gelegen. Gespannt blickten wir alle auf seine Entscheidung. Aber Czentovic tat keinen Zug, sondern sein gewendeter Handrücken schob mit einem entschiedenen Ruck alle Figuren langsam vom Brett. Erst im nächsten Augenblick verstanden wir: Czentovic hatte die Partie aufgegeben. Er hatte kapituliert, um nicht vor uns sichtbar mattgesetzt zu werden. Das Unwahrscheinliche hatte sich ereignet, der Weltmeister, der Champion zahlloser Turniere hatte die Fahne gestrichen vor einem Unbekannten, einem Manne, der zwanzig oder fünfundzwanzig Jahre kein Schachbrett angerührt. Unser Freund, der Anonymus, der Ignotus, hatte den stärksten Schachspieler der Erde in offenem Kampfe besiegt!

Ohne es zu merken, waren wir in unserer Erregung einer nach dem anderen aufgestanden. Jeder von uns hatte das Gefühl, er müßte etwas sagen oder tun, um unserem freudigen Schrecken Luft zu machen. Der einzige, der unbeweglich in seiner Ruhe verharrte, war Czentovic. Erst nach einer gemessenen Pause hob er den Kopf und blickte unseren Freund mit steinernem Blick an.

»Noch eine Partie?« fragte er.

car de temps en temps il se tournait impatiemment vers la table afin de vérifier si Czentovic avait déjà tranché. Mais neuf minutes passèrent, puis dix. Alors, enfin, se produisit ce à quoi aucun d'entre nous ne s'était attendu. Czentovic leva lentement sa lourde main, qu'il avait jusque-là tenue immobile sur la table. Nous regardions tous, impatients de savoir quelle serait sa décision. Mais Czentovic ne joua pas, il tourna à la verticale le revers de sa main et balaya lentement toutes les pièces de l'échiquier. C'est à l'instant suivant que nous comprîmes : Czentovic avait abandonné la partie. Il avait capitulé pour que nous ne le voyions pas se faire mettre mat. L'invraisemblable s'était produit : le champion du monde, le vainqueur d'innombrables tournois avait baissé les armes devant un inconnu, un homme qui n'avait plus touché un échiquier depuis vingt ou vingt-cinq ans. Notre ami, l'anonyme, l'ignorant, avait vaincu en combat ouvert le meilleur joueur d'échecs de la planète !

Notre excitation était telle que nous nous étions levés les uns après les autres sans même nous en rendre compte. Chacun d'entre nous avait l'impression de devoir dire ou faire quelque chose pour laisser libre cours à notre joyeux effroi. Le seul à rester calme et impassible était Czentovic. C'est seulement après une pause mesurée qu'il leva la tête et adressa à notre ami un regard de pierre.

« Encore une partie ? demanda-t-il.

»Selbstverständlich«, antwortete Dr. B. mit einer mir unangenehmen Begeisterung und setzte sich, noch ehe ich ihn an seinen Vorsatz mahnen konnte, es bei einer Partie bewenden zu lassen, sofort nieder und begann mit fiebriger Hast die Figuren neu festzustellen. Er rückte sie mit solcher Hitzigkeit zusammen, daß zweimal ein Bauer durch die zitternden Finger zu Boden glitt; mein schon früher peinliches Unbehagen angesichts seiner unnatürlichen Erregtheit wuchs zu einer Art Angst. Denn eine sichtbare Exaltiertheit war über den vorher so stillen und ruhigen Menschen gekommen; das Zucken fuhr ihm öfter um seinen Mund, und sein Körper zitterte wie von einem jähen Fieber geschüttelt.

»Nicht!« flüsterte ich ihm leise zu. »Nicht jetzt! Lassen Sie's für heute genug sein! Es ist für Sie zu anstrengend.«

»Anstrengend! Ha!« lachte er laut und boshaft. »Siebzehn Partien hätte ich unterdessen spielen können statt dieser Bummelei! Anstrengend ist für mich einzig bei diesem Tempo nicht einzuschlafen! – Nun! Fangen Sie schon einmal an!«

Diese letzten Worte hatte er in heftigem, beinahe grobem Ton zu Czentovic gesagt. Dieser blickte ihn ruhig und gemessen an, aber sein steinerner Blick hatte etwas von einer geballten Faust. Mit einemmal stand etwas Neues zwischen den beiden Spielern;

— Bien entendu », répondit Me B. avec un enthousiasme qui me déplut, et avant même que j'aie pu lui rappeler le principe qu'il s'était fixé — se contenter d'une partie —, il s'assit pour un deuxième tour et commença, avec une hâte fébrile, à remettre les pièces en place. Il s'y employa avec une telle ardeur qu'à deux reprises un pion échappa à ses doigts tremblants et tomba par terre ; le malaise et la gêne que j'avais déjà ressentis auparavant face à son excitation artificielle se transformèrent en une sorte d'angoisse. Car une exaltation évidente s'était emparée de cet être jusqu'alors tellement silencieux et tranquille ; le tressaillement de sa bouche était de plus en plus fréquent et son corps tremblait comme sous le coup d'une fièvre brutale.

« Non ! lui chuchotai-je. Pas maintenant ! Arrêtez pour aujourd'hui ! C'est trop fatigant pour vous.

— Fatigant ! Ah ! fit-il avec un rire bruyant et méchant. J'aurais pu jouer dix-sept parties si nous n'avions pas lambiné comme ça ! La seule chose qui me fatigue, c'est l'effort que je produis pour ne pas m'endormir à ce rythme-là !... Allez ! Commencez donc ! »

Ces derniers mots, il les avait lancés à Czentovic d'un ton vif, presque grossier. Celui-ci lui répliqua d'un coup d'œil tranquille, mesuré, mais son regard fixe et minéral avait quelque chose d'un poing serré. Quelque chose de nouveau s'installa subitement entre les deux joueurs :

eine gefährliche Spannung, ein leidenschaftlicher Haß. Es waren nicht zwei Partner mehr, die ihr Können spielhaft aneinander proben wollten, es waren zwei Feinde, die sich gegenseitig zu vernichten geschworen. Czentovic zögerte lange, ehe er den ersten Zug tat, und mich überkam das deutliche Gefühl, er zögerte mit Absicht so lange. Offenbar hatte der geschulte Taktiker schon herausgefunden, daß er gerade durch seine Langsamkeit den Gegner ermüdete und irritierte. So setzte er nicht weniger als vier Minuten aus, ehe er die normalste, die simpelste aller Eröffnungen machte, indem er den Königsbauern die üblichen zwei Felder vorschob. Sofort fuhr unser Freund mit seinem Königsbauern ihm entgegen, aber wieder machte Czentovic eine endlose, kaum zu ertragende Pause; es war, wie wenn ein starker Blitz niederfährt und man pochenden Herzens auf den Donner wartet, und der Donner kommt und kommt nicht. Czentovic rührte sich nicht. Er überlegte still, langsam und, wie ich immer gewisser fühlte, boshaft langsam; damit aber gab er mir reichlich Zeit, Dr. B. zu beobachten. Er hatte eben das dritte Glas Wasser hinabgestürzt, unwillkürlich erinnerte ich mich, daß er mir von seinem fiebrigen Durst in der Zelle erzählte. Alle Symptome einer anomalen Erregung zeichneten sich deutlich ab; ich sah seine Stirn feucht werden und die Narbe auf seiner Hand röter und schärfer als zuvor. Aber noch beherrschte er sich.

une tension dangereuse, une haine passionnée. Ce n'étaient plus deux partenaires désireux de mesurer leurs capacités dans un jeu, mais deux ennemis qui juraient de s'anéantir mutuellement. Czentovic hésita longtemps avant de jouer le premier coup, et je sentis bien qu'il faisait exprès d'hésiter aussi longtemps. Apparemment, ce tacticien bien formé avait déjà compris que c'était précisément sa lenteur qui fatiguait et irritait son adversaire. Il ne mit pas moins de quatre minutes pour faire la plus simple de toutes les ouvertures, en avançant le pion du roi des deux cases habituelles. Aussitôt notre ami alla à ses devants avec la même pièce, et Czentovic marqua une nouvelle pause interminable, à peine supportable ; c'était comme lorsque s'abat un puissant éclair, que l'on attend le tonnerre le cœur battant et que celui-ci arrive sans arriver. Czentovic ne bougeait pas. Il réfléchissait en silence, lentement et, j'en avais la sensation et la certitude croissante, avec une lenteur malveillante. Mais il me donnait ainsi tout le temps d'observer Me B. Celui-ci venait d'engloutir son troisième verre d'eau ; il me revint qu'il m'avait parlé de sa soif fébrile dans la cellule. Tous les symptômes d'une excitation anormale s'affichaient désormais ; je voyais son front s'humidifier, la cicatrice de sa main se dessiner plus nettement et rougir. Mais il se maîtrisait encore.

Erst als beim vierten Zug Czentovic wieder endlos überlegte, verließ ihn die Haltung.

»So spielen Sie doch schon einmal!«

Czentovic blickte kühl auf. »Wir haben meines Wissens zehn Minuten Zugzeit vereinbart. Ich spiele prinzipiell nicht mit kürzerer Zeit.«

Dr. B. biß sich die Lippe; ich merkte, wie unter dem Tisch seine Sohle unruhig und immer unruhiger gegen den Boden wippte, und wurde selbst unaufhaltsam nervöser durch das drückende Vorgefühl, daß sich irgend etwas Unsinniges in ihm vorbereitete. In der Tat ereignete sich bei dem achten Zug ein weiterer Zwischenfall. Dr. B., der immer unbeherrschter gewartet hatte, konnte seine Spannung nicht mehr verhalten; er rückte hin und her und begann unbewußt mit den Fingern auf den Tisch zu trommeln. Abermals hob Czentovic seinen schweren bäurischen Kopf.

»Darf ich Sie bitten, nicht zu trommeln? Es stört mich. Ich kann so nicht spielen.«

»Ha!« lachte Dr. B. kurz. »Das sieht man.«

Czentovics Stirn wurde rot. »Was wollen Sie damit sagen?« fragte er scharf und böse.

Dr. B. lachte abermals knapp und boshaft. »Nichts. Nur daß Sie offenbar sehr nervös sind.«

C'est seulement lorsque, au quatrième coup, Czentovic se remit à réfléchir interminablement que B. perdit contenance :

« Mais allez-vous enfin vous décider à jouer ! »

Czentovic leva froidement les yeux. « À ma connaissance, nous sommes convenus d'un délai de dix minutes entre chaque coup. Je ne joue pas avec un délai plus court, c'est un principe. »

Me B. se mordit la lèvre ; je voyais sa semelle tapoter le sol, de plus en plus agitée, sous la table, et le pressentiment oppressant que quelque chose de fou se préparait en lui m'emplit moi-même d'une irrépressible nervosité. De fait, un deuxième incident survint au huitième coup. Me B., qui maîtrisait de moins en moins bien son attente, fut incapable de retenir sa tension ; il commença à se trémousser et, sans en avoir conscience, à tambouriner du bout des doigts sur la table. Une fois de plus, Czentovic souleva sa lourde tête de paysan et parla :

« Puis-je vous demander de ne pas taper des doigts ? Cela me dérange. Je ne peux pas jouer ainsi.

— Ha ! fit Me B. en riant sèchement. Ça se voit. »

Le rouge monta au front de Czentovic. « Que voulez-vous dire ? » demanda-t-il d'une voix tranchante et courroucée.

Me B. eut un nouveau petit rire malveillant. « Rien. Si ce n'est que vous êtes manifestement très nerveux. »

Czentovic schwieg und beugte seinen Kopf nieder.

Erst nach sieben Minuten tat er den nächsten Zug, und in diesem tödlichen Tempo schleppte sich die Partie fort. Czentovic versteinte gleichsam immer mehr, schließlich schaltete er immer das Maximum der vereinbarten Überlegungspause ein, ehe er sich zu einem Zug entschloß, und von einem Intervall zum andern wurde das Benehmen unseres Freundes sonderbarer. Es hatte den Anschein, als ob er an der Partie gar keinen Anteil mehr nehme, sondern mit etwas ganz anderem beschäftigt sei. Er ließ sein hitziges Aufundniederlaufen und blieb an seinem Platz regungslos sitzen. Mit einem stieren und fast irren Blick ins Leere vor sich starrend, murmelte er ununterbrochen unverständliche Worte vor sich hin; entweder verlor er sich in endlosen Kombinationen, oder er arbeitete – dies war mein innerster Verdacht – sich ganz andere Partien aus, denn jedesmal, wenn Czentovic endlich gezogen hatte, mußte man ihn aus seiner Geistesabwesenheit zurückmahnen. Dann brauchte er immer eine einzige Minute, um sich in der Situation wieder zurechtzufinden; immer mehr beschlich mich der Verdacht, er habe eigentlich Czentovic und uns alle längst vergessen in dieser kalten Form des Wahnsinns, der sich plötzlich in irgendeiner Heftigkeit entladen konnte. Und tatsächlich, bei dem neunzehnten Zug brach die Krise aus.

Czentovic se tut et baissa la tête.

C'est seulement sept minutes plus tard qu'il joua le coup suivant, et la partie continua à ce rythme mortel. Czentovic semblait peu à peu se pétrifier ; à la fin, il utilisait toujours le maximum autorisé pour la pause de réflexion avant de se décider à jouer un coup, et d'un intervalle à l'autre le comportement de notre ami se faisait toujours plus singulier. Il donnait l'impression de ne plus avoir le moindre intérêt pour la partie et d'être préoccupé par tout autre chose. Il mit un terme à sa marche furieuse et resta assis à sa place, immobile. Regardant dans le vide, l'œil fixe, presque fou, il marmonnait sans interruption des mots incompréhensibles ; ou bien il se perdait dans des combinaisons sans fin, ou bien — et c'était mon soupçon le plus intime — il élaborait des parties qui n'avaient rien à voir avec celle-là, car, à chaque fois que Czentovic avait enfin joué, il fallait arracher B. à son absence. Ensuite, il avait toujours besoin de quelques minutes pour reprendre ses marques ; je le soupçonnais de plus en plus d'avoir depuis très longtemps oublié Czentovic et nous tous, dans cette forme de folie qui pouvait se décharger soudain par un quelconque acte incontrôlé. Et de fait, au dix-neuvième coup, la crise éclata.

Kaum daß Czentovic seine Figur bewegte, stieß Dr. B. plötzlich, ohne recht auf das Brett zu blicken, seinen Läufer drei Felder vor und schrie derart laut, daß wir alle zusammenfuhren:

»Schach! Schach dem König!«

Wir blickten in der Erwartung eines besonderen Zuges sofort auf das Brett. Aber nach einer Minute geschah, was keiner von uns erwartet. Czentovic hob ganz, ganz langsam den Kopf und blickte – was er bisher nie getan – in unserem Kreise von einem zum andern. Er schien irgend etwas unermeßlich zu genießen, denn allmählich begann auf seinen Lippen ein zufriedenes und deutlich höhnisches Lächeln. Erst nachdem er diesen seinen uns noch unverständlichen Triumph bis zur Neige genossen, wandte er sich mit falscher Höflichkeit unserer Runde zu.

»Bedaure – aber ich sehe kein Schach. Sieht vielleicht einer von den Herren ein Schach gegen meinen König?«

Wir blickten auf das Brett und dann beunruhigt zu Dr. B. hinüber. Czentovics Königsfeld war tatsächlich – ein Kind konnte das erkennen – durch einen Bauern gegen den Läufer völlig gedeckt, also kein Schach dem König möglich. Wir wurden unruhig. Sollte unser Freund in seiner Hitzigkeit eine Figur danebengestoßen haben, ein Feld zu weit oder nah? Durch unser Schweigen aufmerksam gemacht, starrte jetzt auch Dr. B. auf das Brett und begann heftig zu stammeln:

À peine Czentovic eut-il déplacé sa pièce que Me B., sans vraiment regarder l'échiquier, avança son cavalier de trois cases et cria avec une telle force que nous sursautâmes tous :

« Échec ! Échec au roi ! »

Nous regardâmes aussitôt l'échiquier, dans l'attente d'un coup exceptionnel. Mais au bout d'une minute se produisit ce qu'aucun de nous n'avait attendu. Czentovic leva très, très lentement la tête et regarda — ce qu'il n'avait jamais fait jusqu'alors — chacun de ceux qui l'entouraient. Quelque chose semblait lui procurer une jouissance démesurée, car un sourire satisfait et clairement narquois se dessina peu à peu sur ses lèvres. Il savoura jusqu'au bout ce triomphe que nous ne comprenions pas encore, avant de se tourner vers notre assemblée avec une courtoisie feinte.

« Je regrette, mais je ne vois pas d'échec. L'un de ces messieurs voit peut-être mon roi en échec ? »

Nous inspectâmes l'échiquier avant de lancer un coup d'œil inquiet à Me B. Un enfant s'en serait rendu compte : la case occupée par le roi de Czentovic était effectivement protégée par un pion contre le fou, aucun échec au roi n'était donc possible. La fébrilité s'empara de nous. Emporté par son ardeur, notre ami s'était-il trompé en déplaçant une pièce d'une case de trop ou de moins ? Intrigué par notre silence, Me B. dirigea lui aussi son regard sur l'échiquier et se mit à balbutier d'une voix forte :

»Aber der König gehört doch auf f7... er steht falsch, ganz falsch. Sie haben falsch gezogen! Alles steht ganz falsch auf diesem Brett... der Bauer gehört doch auf g5 und nicht auf g4... das ist doch eine ganz andere Partie... Das ist... «

Er stockte plötzlich. Ich hatte ihn heftig am Arm gepackt oder vielmehr ihn so hart in den Arm gekniffen, daß er selbst in seiner fiebrigen Verwirrtheit meinen Griff spüren mußte. Er wandte sich um und starrte mich wie ein Traumwandler an.

»Was... wollen Sie?«

Ich sagte nichts als »Remember!« und fuhr ihm gleichzeitig mit dem Finger über die Narbe seiner Hand. Er folgte unwillkürlich meiner Bewegung, sein Auge starrte glasig auf den blutroten Strich. Dann begann er plötzlich zu zittern, und ein Schauer lief über seinen ganzen Körper.

»Um Gottes willen«, flüsterte er mit blassen Lippen. »Habe ich etwas Unsinniges gesagt oder getan... bin ich am Ende wieder...?«

»Nein«, flüsterte ich leise. »Aber Sie müssen sofort die Partie abbrechen, es ist höchste Zeit. Erinnern Sie sich, was der Arzt Ihnen gesagt hat!«

Dr. B. stand mit einem Ruck auf. »Ich bitte um Entschuldigung für meinen dummen Irrtum«, sagt er mit seiner alten höflichen Stimme und verbeugte sich vor Czentovic. »Es ist natürlich purer Unsinn, was ich gesagt habe. Selbstverständlich bleibt es Ihre Partie.« Dann wandte er sich zu uns.

« Mais enfin, le roi doit être sur f7… il n'est pas à sa place, absolument pas. Vous avez mal joué ! Rien n'est à sa place sur cet échiquier. Le pion doit se trouver sur g5 et pas sur g4… cette partie-là n'a rien à voir… C'est… »

Il s'arrêta subitement. Je l'avais fermement attrapé par le bras, ou plus exactement je lui avais si durement pincé le bras que, même dans sa confusion fiévreuse, il ne pouvait que sentir mon emprise. Il se retourna et me regarda comme un somnambule.

« Que… que voulez-vous ? »

Je ne prononçai qu'un mot, « *Remember !* », tout en passant le doigt sur la cicatrice qui lui barrait la main. Il suivit malgré lui mon mouvement, son œil vitreux resta fixé sur le trait rouge sang. Puis il se mit subitement à trembler et un frisson courut sur tout son corps.

« Pour l'amour de Dieu, chuchota-t-il, les lèvres pâles. Ai-je dit ou fait quelque chose d'absurde… ai-je finalement recommencé… ?

— Non, chuchotai-je. Mais vous devez interrompre la partie immédiatement, il est plus que temps. Rappelez-vous ce que vous a dit le médecin ! »

Me B. se leva d'un trait. « Je vous prie de m'excuser pour cette erreur stupide, dit-il de sa voix courtoise habituelle en s'inclinant devant Czentovic. Ce que j'ai dit est naturellement pure absurdité. Il va de soi que cette partie vous revient. » Puis il s'adressa à nous.

»Auch die Herren muß ich um Entschuldigung bitten. Aber ich hatte Sie gleich im voraus gewarnt, Sie sollten von mir nicht zuviel erwarten. Verzeihen Sie die Blamage – es war das letztemal, daß ich mich im Schach versucht habe.« Er verbeugte sich und ging, in der gleichen bescheidenen und geheimnisvollen Weise, mit der er zuerst erschienen. Nur ich wußte, warum dieser Mann nie mehr ein Schachbrett berühren würde, indes die anderen ein wenig verwirrt zurückblieben mit dem ungewissen Gefühl, mit knapper Not etwas Unbehaglichem und Gefährlichem entgangen zu sein. »Damned fool!« knurrte McConnor in seiner Enttäuschung. Als letzter erhob sich Czentovic von seinem Sessel und warf noch einen Blick auf die halbbeendete Partie.

»Schade«, sagte er großmütig. »Der Angriff war gar nicht so übel disponiert. Für einen Dilettanten ist dieser Herr eigentlich ungewöhnlich begabt.«

« Je dois aussi prier ces messieurs de m'excuser. Mais je vous avais prévenus que vous ne deviez pas en attendre trop de moi. Pardonnez-moi de vous avoir fait honte. C'était la dernière fois que je m'essayais aux échecs. » Il s'inclina et partit, de la même manière modeste et mystérieuse que lorsque nous l'avions vu apparaître la première fois. Moi seul savais pourquoi cet homme ne toucherait plus jamais un échiquier ; les autres, un peu ahuris, restèrent avec le sentiment incertain d'avoir frôlé un épisode désagréable et dangereux. « *Damned fool !* » grogna McConnor dans sa déception. Le dernier à quitter son siège fut Czentovic ; il jeta un dernier coup d'œil à la partie inachevée.

« Dommage, dit-il généreusement. L'attaque n'était pas si mal arrangée. Pour un dilettante, ce monsieur est en fait extraordinairement doué. »

DU MÊME AUTEUR

Dans la collection Folio Bilingue

LE JOUEUR D'ÉCHECS / *SCHACHNOVELLE* (nº 185)

VINGT-QUATRE HEURES DE LA VIE D'UNE FEMME / *VIERUNDZWANZIG STUNDEN AUS DEM LEBEN EINER FRAU* (nº 192)

AMOK / *DER AMOKLAÜFER* (nº 198)

LETTRE D'UNE INCONNUE / *BRIEF EINER UNBEKANNTEN* (nº 223)

Dans les autres collections Folio

NOUVELLE DU JEU D'ÉCHECS (Folio classique nº 5642)

AMOK (Folio classique nº 5643)

ANGOISSES (Folio classique nº 5662)

VINGT-QUATRE HEURES DE LA VIE D'UNE FEMME (Folio classique nº 5661)

DÉCOUVERTE INOPINÉE D'UN VRAI MÉTIER *suivi de* LA VIEILLE DETTE (Folio 2 € nº 5905)

LE MONDE D'HIER (Folio essais nº 616)

ÉTAIT-CE LUI ? *précédé de* UN HOMME QU'ON N'OUBLIE PAS (Folio 2 € nº 6184)

BRÛLANT SECRET (Folio 2 € nº 6418)

LETTRE D'UNE INCONNUE (Folio classique nº 6440)

LES DEUX SŒURS *précédé de* UNE HISTOIRE AU CRÉPUSCULE (Folio 2 € nº 6695)

*Tous les papiers utilisés pour les ouvrages
des collections Folio sont certifiés
et proviennent de forêts gérées durablement.*

*Composition PCA-CMB Graphic
Impression Maury Imprimeur
45330 Malesherbes, le 19 janvier 2022
Dépôt légal : janvier 2022
1er dépôt légal dans la collection : octobre 2013
Numéro d'impression : 260300*

ISBN 978-2-07-045005-3 / Imprimé en France.

446634